SERIE ∞ INFINITA

M

Isaac Palmiola

SECRET ACADEMY

EL RETORNO DE LOS ESCORPIONES

Montena

El papel utilizado para la impresión de este libro ha sido fabricado a partir de madera procedente de bosques y plantaciones gestionadas con los más altos estándares ambientales, garantizando una explotación de los recursos sostenible con el medio ambiente y beneficiosa para las personas.

Por este motivo, Greenpeace acredita que este libro cumple los requisitos ambientales y sociales necesarios para ser considerado un libro «amigo de los bosques». El proyecto «Libros amigos de los bosques» promueve la conservación y el uso sostenible de los bosques, en especial de los Bosques Primarios, los últimos bosques vírgenes del planeta.

Papel certificado por el Forest Stewardship Council [FSC]®

FSC www.fsc.org
MIXTO
Papel procedente de fuentes responsables
FSC® C117695

Primera edición: octubre de 2014

Printed in Spain – Impreso en España

ISBN: 978-84-9043-200-6
Depósito legal: B-16.707-2014

Compuesto en Compaginem Llibres, S. L.

Impreso en Cayfosa
Santa Perpètua de la Mogoda (Barcelona)

GT 3 2 0 0 6

A mi madre,
que me enseñó a amar los libros

CAPÍTULO 1

«Vamos a solucionar esto como hombres.»

Martin nunca había vivido un verano tan frío en toda su vida. La nieve se negaba a derretirse en las cimas de las montañas y, mientras corría a través de aquel frondoso bosque de abetos, pinos y abedules, grandes nubes de vaho se formaban a cada bocanada de aire que expulsaba por la boca. Pese al frío, su cuerpo estaba cubierto por una fina capa de sudor y los músculos de sus piernas estaban muy cargados por el prolongado esfuerzo físico.

¿Cuántas horas llevaba corriendo? Resultaba imposible saberlo con certeza. Se encontraba en Laponia, en el norte de Finlandia, y hacía varias semanas que el sol no se ponía. Era un fenómeno meteorológico propio de aquel paraje ártico, pero Martin no había logrado acostumbrarse a ello. Nunca se hacía de noche, y la misma mortecina luz, amortiguada por un cielo eternamente nublado, lucía con insistencia durante las veinticuatro horas del día.

Sus rápidas pisadas hacían crujir la pinaza que cubría el suelo mientras recurría a toda su fuerza de voluntad para seguir adelante. Su cabeza quería seguir corriendo, pero sus piernas se negaban a obedecer las órdenes de su cerebro. Una violenta rampa le hizo trastabillar y cayó de bruces en el suelo, retorciéndose de dolor. El gemelo izquierdo se le había subido hasta el pliegue de la rodilla y Martin, con una mueca de dolor en el rostro, extendió la pierna y tiró hacia él las puntas de los dedos de los pies hasta conseguir bajarlo.

El dolor no tardó en menguar, pero era consciente de que no estaba en condiciones de seguir huyendo. Necesitaba descansar, aunque solo fuera durante un rato. Hubiera dado cualquier cosa por un plátano, pero los únicos víveres que había podido llevarse de la casa del lago era pan, galletas y frutos secos. Se arrastró penosamente por el suelo y acomodó la espalda contra el tronco de un abeto mientras sacaba de la mochila unas almendras que empezó a masticar sin hambre.

Martin llevaba cuatro meses imaginando aquella huida. Había sido capturado por los Escorpiones, y sus enemigos lo habían sacado de Turquía en barco y lo habían trasladado hasta Finlandia, muy al norte, a una casa aislada rodeada por miles de hectáreas de inacabables bosques y lagos de aguas tan gélidas como cristalinas.

Había llegado al lugar junto con tres personas: Murat, Aldous y una chica de su misma edad llamada Virginia. Al parecer, estaban allí para celebrar un concilio que presidiría el líder de los Escorpiones, un hombre que se hacía llamar Profeta Howard y al que Murat admiraba y respetaba profundamente. El joven Escorpión era el encargado de vigilarlos, pero había tenido muy poco trabajo hasta el momento. Su compañero Aldous obedecía ciegamente y no deseaba irse de allí, mientras que el carácter de Virginia era tan rebelde y audaz como el de una oveja de corral.

Martin era el único que no se había resignado a convertirse en un rehén de los Escorpiones y había entrenado sin descanso cada día, corriendo por el bosque para fortalecer los músculos de sus piernas y familiarizarse con la geografía del lugar. Incluso había fingido sentir afecto por Murat y se había ganado su confianza para que se relajara. Con infinita paciencia, había presenciado cómo la primavera daba paso al verano y, poco a poco, la gruesa capa de nieve que cubría todos los rincones de aquel paraje se había derretido paulatinamente.

Tras haber comido una docena de almendras, Martin volvió a incorporarse. Estiró los músculos de las piernas, se frotó las manos para darse calor y reanudó la carrera bosque a través dirigiéndose hacia el sur. Sabía que podían pasar varios días —tal vez semanas— hasta que lograra dar con algún lugar civilizado que le permitiera ocultarse de sus enemigos, pero se sentía capaz de lograrlo. Su plan era contactar con el doctor Kubrick para que le ayudara a regresar a la Secret Academy, pero para conseguirlo probablemente aún tendría que recorrer cientos de kilómetros.

Ignoró el dolor de las piernas, puso la mente en blanco y siguió avanzando. Cruzó bosques infinitos, descendió cimas empinadas y rodeó lagos hasta que cayó al suelo extenuado. Martin se durmió encima de un tapiz de hierba, en la falda de un hermoso abedul, y no despertó hasta que los ladridos de unos perros se entrometieron en su sueño. Ladeó la cabeza hacia el cielo y, tras los espesos nubarrones que lo cubrían, vislumbró la pálida silueta de aquel sol que se empeñaba en lucir a todas horas. Sobresaltado, se dio cuenta de que los ladridos se aproximaban hacia él y se levantó bruscamente. Estaba a punto de salir corriendo cuando vio la figura de tres perros que emergieron de las profundidades del bosque y se acercaban a él ladrando furiosamente.

Ni tan siquiera lo pensó. Instintivamente, corrió hacia el abedul y trepó ágilmente por el tronco hasta alcanzar una rama lo bastante alta para eludir el ataque. Más perros acudieron al lugar. Eran huskies de pelaje níveo, orejas puntiagudas y mandíbulas poderosas. Su evidente parentesco con el lobo los hacía parecer aún más fieros y peligrosos, y Martin descartó la posibilidad de enfrentarse a ellos. De hecho, ya empezaba a asimilar que su heroica huida acababa de ser abortada.

Media docena de huskies rodearon el abedul, rugiendo hacia su dirección e inclinándose sobre sus patas delanteras, mostrando amenazadoramente los afilados dientes. Martin consiguió reconocerlos. Eran los perros que había en la casa del lago. Estaban entrenados para tirar de un trineo, pero, al parecer, también servían para seguir rastros y habían conseguido darle alcance.

Tuvo que esperar casi media hora hasta que Murat hizo acto de presencia. El Escorpión iba enfundado en un anorak negro y llevaba un gorro de lana que le cubría la cabeza hasta las orejas. Sus ojos negros, profundos como pozos, lo miraron fijamente mientras avanzaba hacia él.

—Llevo diez horas corriendo como un idiota —le espetó—. ¿Se puede saber qué te proponías?

—¿Por qué no subes a buscarme y te lo cuento? —replicó Martin.

Llevaba víveres para aguantar varios días y estaba dispuesto a pelear hasta el final.

Murat resopló con impaciencia y una nube de vaho se diluyó en el aire.

—No puedes rehuir tu destino, Martin —lo sermoneó—. Debes aguardar la llegada del Profeta Howard y escuchar sus sabias palabras...

Martin llevaba meses escuchando lo importante que era ese Profeta Howard y cada día que pasaba tenía menos ganas de conocerlo. Observó a Murat y se fijó en que no llevaba ninguna mochila. «No tiene nada para comer.» Sonrió para sus adentros. Sacó una cantimplora de la mochila y bebió un trago de agua.

—No tengo prisa —le dijo mientras se acomodaba en la rama del abedul, dispuesto a esperar lo que hiciera falta.

—¡Baja de ahí ahora mismo! —exclamó Murat—. Tenemos un largo camino de regreso.

—Puedes esperar sentado...

El Escorpión acarició el hocico de uno de los huskies, que rugió amenazadoramente hacia Martin. A continuación, el Escorpión se desabrochó el anorak y lo tiró al suelo mientras levantaba su rostro hacia el árbol. Sus facciones de ave rapaz le daban un aspecto agresivo y amenazador.

—Vamos a solucionar esto como hombres —lo retó—. Pelea conmigo si eres tan valiente. Si me ganas, dejaré que te vayas, pero si pierdes tendrás que regresar conmigo a la casa del lago sin causar más problemas...

«No sabes lo que dices», pensó Martin. Si algo se le daba bien era pelear. Practicaba artes marciales desde los cinco años y había pasado un montón de horas entrenando sin descanso en un programa de la academia virtual, aprendiendo técnicas de combate que lo habían convertido en un temible luchador. Por muy peligroso que pareciera aquel fanfarrón, no conseguiría vencerlo en una pelea.

—Espero que tengas palabra, porque pienso partirte la cara ahora mismo —contestó.

Murat no parecía nada amedrentado. Ordenó a los huskies que se alejaran del árbol y los obligó a permanecer tumbados en el suelo.

Desconfiado, Martin descendió del abedul y adoptó la postura de guardia de combate.

—Cuando quieras —lo desafió.

Martin estaba muy agotado, pero su enemigo también tenía que estarlo a la fuerza. Los dos habían recorrido un largo trayecto para llegar hasta allí y no podían estar en plenas facultades. Los huskies gruñieron, y Murat les ordenó que se callaran.

—¡Quietos! —gritó, y sus ojos volvieron a clavarse en él.

Martin se desentumeció las articulaciones, hizo crujir los músculos del cuello y se dirigió hacia su enemigo. Sin preámbulos, trató de golpearlo con una patada, pero Murat, rápido de reflejos, la esquivó fácilmente. A continuación renovó su ataque combinando puñetazos y patadas, pero los movimientos de su enemigo eran eléctricos y conseguía evadir todos sus ataques con una facilidad pasmosa.

Desesperado, Martin se fijó en la sonrisa burlona que asomaba en los labios de Murat. «Se ríe de mí», comprendió furioso. Dejó que la rabia se apoderara de él y arriesgó con una patada voladora que hubiera noqueado a cualquier adversario normal. Pero Murat no era normal. Se agachó lo justo para evitar el impacto y aprovechó el desequilibrio de su contrincante para segar su pierna de una patada en el tobillo. Martin cayó de bruces en el suelo y, antes de que pudiera reaccionar, Murat ya estaba encima de él. Con la ayuda de sus piernas, fuertes como tenazas de hierro, lo inmovilizó, le agarró el brazo derecho y se lo empezó a retorcer hasta forzar un ángulo imposible.

El dolor era casi tan intenso como el de su orgullo herido. Martin sentía que el hueso estaba a punto de ceder y fue incapaz de ahogar un alarido de dolor.

—¿Te rindes? —le preguntó Murat con voz tranquila.

Martin tenía la respiración entrecortada y sentía que su brazo estaba a punto de romperse ante aquella salvaje presión. No tenía ningún sentido negar la evidencia. Murat era más rápido y fuerte que él.

—Me rindo —contestó con la voz rota por el dolor.

El Escorpión aflojó la presión sobre el brazo y se levantó del suelo tranquilamente. Daba la sensación de que aquella pelea no había supuesto ningún esfuerzo para él y ni siquiera parecía cansado. Los huskies se incorporaron del lecho de hierba donde estaban reposando y se acercaron a Murat para lamer su mano.

Martin aún no era capaz de comprender lo que acababa de ocurrir. No era la primera vez que perdía una pelea, pero nunca antes un chico de su misma edad lo había vencido, y aún menos con aquella insultante facilidad. Humillado, se levantó del suelo frotándose el magullado brazo y miró de reojo a su enemigo.

—¿Dónde has aprendido a pelear así? —le preguntó.

—Hace menos de un año no habría logrado ganarte ni en sueños. —Giró su rostro hacia él y lo miró a los ojos—. Pero un día conocí al Profeta Howard y mi vida cambió por completo.

—¿Qué ocurrió?

—Lo siento, no se me permite decir nada —aseguró—. Tendrás que esperar a que llegue el Profeta. Pronto estará con nosotros... Muy pronto...

CAPÍTULO 2

«Soy un monstruo.»

Rowling Nueve Dedos caminaba entre los desconocidos que acababan de aterrizar en el aeropuerto de Helsinki, la capital de Finlandia. Su único equipaje era una pequeña bolsa que llevaba colgada en la espalda con un neceser y algo de ropa. No necesitaba nada más y tampoco echaba nada en falta. A lo largo de su vida no había tenido la oportunidad de acumular pertenencias y la única posesión que valoraba era una foto vieja y arrugada que ya tenía trece años. En ella, Rowling aparecía junto a sus jóvenes padres cuando tan solo era un bebé de seis meses. La había estado observando durante todo el viaje en avión, fijándose sobre todo en aquel hombre pelirrojo que no recordaba lo más mínimo y que, si no la habían engañado, estaría esperándola a la salida del aeropuerto.

Confundiéndose entre los pasajeros, Rowling mostró un pasaporte falso a un policía que la autorizó a entrar en territorio finlandés y le indicó que siguiera adelante. Iba vestida con ropa ligera: una blusa de color blanco, vaqueros negros y una chaqueta de entretiempo que llevaba doblada sobre su brazo izquierdo. Lo más llamativo de su vestuario, sin embargo, eran unos guantes de color violeta poco adecuados para el verano, incluso en un país tan gélido como Finlandia. De hecho, Rowling, como buena irlandesa, estaba habituada al frío y se hubiera quitado aquellos guantes de buena gana si no fuera por la horrible mutilación que había sufrido cuatro meses antes. A menudo revivía la escena en sueños, y se despertaba de madrugada con un grito desgarrador en los labios y el cuerpo empapado de sudor.

Decenas de familiares y amigos esperaban la llegada de los pasajeros tras una valla que les cortaba el paso. Rowling, nerviosa y expectante, rebuscó entre los rostros sonrientes hasta detener su vista ante un hombre de pelo blanco, piel pecosa y ojos de color violeta que la miraba fijamente. Pese a que la foto ya tenía trece años, lo reconoció al instante. Estaba algo más viejo, con un pelo que se había tornado canoso, pero no había duda, era su padre.

Rowling se había propuesto no llorar, pero fue incapaz de contener las lágrimas cuando lo tuvo delante.

—Te he echado de menos, mi niña —le susurró él al oído, y entonces la abrazó.

Su pelo olía a tabaco y su voz era grave, ligeramente rota por la emoción. Tenía los ojos húmedos por la alegría y

Rowling vio cómo se los enjugaba con el dorso de la mano. «¿Me quiere de verdad?», se preguntó confusa mientras contemplaba a aquel extraño que la había abandonado cuando era un bebé, pero que en ese momento la miraba con ojos llenos de amor. El hombre sacó un oso de peluche que llevaba escondido detrás de la espalda y se lo dio.

—Espero que te guste —le dijo—. No sabía qué comprarte...

A Rowling le pareció muy infantil, pero tenía la sensación de que se lo había regalado con la mejor de las intenciones y lo aceptó con una inmensa sonrisa en la cara.

—Me encanta —le aseguró.

Su padre volvió a abrazarla y le acarició el pelo con ternura.

—No he pasado un solo día sin pensar en ti, mi niña.

Le cogió de la mano derecha y caminaron hacia una cafetería del aeropuerto. Su padre le preguntó si le apetecía un café y Rowling repuso que no con una sonrisa. El pobre no tenía ni idea de cómo era una chica de trece años. No sabía que ya era demasiado mayor para osos de peluche y aún joven para tomar café, pero no le importó lo más mínimo. Lo único relevante era que aquel hombre parecía amarla sinceramente.

Desayunaron en la cafetería y su padre no dejó de alabar su belleza. Rowling nunca había imaginado que podría sentirse tan a gusto.

—Tienes los ojos de tu madre —le dijo—. Y ella tenía los ojos más hermosos del mundo...

—¿Tenía? —preguntó Rowling.

Su padre le acarició el pelo con dulzura, apenado. Por su expresión grave y llena de dolor, supo que ya nunca tendría la oportunidad de conocerla.

—Nos dejó hace muchos años, tú todavía eras un bebé —susurró en voz baja—. Fue un accidente de tráfico...

Rowling recordó que los Escorpiones le habían hecho creer que su madre aún estaba viva, incluso había llegado a hablar por teléfono con una mujer que se había hecho pasar por ella, y de repente sintió odio hacia aquella organización que la había manipulado impunemente. Tuvo que apartar la mirada de su padre y sus ojos se perdieron en una pared de la cafetería. ¿Podía realmente fiarse de aquel hombre?

Tras desayunar en silencio, se dirigieron hacia el aparcamiento del aeropuerto, donde su padre había dejado el coche, un todoterreno negro Mercedes Benz que le pareció de lo más lujoso. Le abrió la puerta para que pudiera subir y al cabo de unos minutos ya estaban circulando por una autopista cercada por espesos bosques de pinos, abetos y abedules.

Durante el largo trayecto hacia el norte hablaron de su madre. Rowling quería saber cómo era, y su padre, con la vista fija en aquella autopista, le contó decenas de anécdotas sobre ella. Era una mujer dulce y cariñosa, inteligente y con un gran sentido del humor, pero que nunca había podido ser feliz.

—Te echaba de menos, Rowling —le explicó—. No superó tener que separarse de ti. Su sonrisa se volvió amarga y casi siempre estaba triste...

Al recordarlo, los ojos de su padre se humedecieron un poco y le acarició un instante la rodilla sin apartar la vista de la calzada.

—Daría lo que fuera para que pudiera estar aquí con nosotros —añadió—. Habría sido la mujer más feliz del mundo...

Rowling notó cómo se le hacía un nudo en la garganta y le entraban ganas de llorar. Ella tampoco había deseado otra cosa, pero por lo menos se había reencontrado con su padre y aquello la consolaba. ¿Y si podían recuperar el tiempo perdido? ¿Y si al fin podían estar juntos para siempre?

—Ya verás, nunca más vamos a separarnos, hija mía —le prometió.

Su padre pronunció aquellas palabras con tanta solemnidad que Rowling se sintió profundamente halagada. Sin proponérselo, apoyó la cabeza en su hombro y dejó que él le rodeara la espalda con el brazo, con un afecto que únicamente había imaginado en sueños.

El trayecto fue muy largo y solo se detuvieron en un par de ocasiones para repostar y comer algo rápido, pero por mucho que pasaran las horas el sol nunca se ponía. Finalmente, el padre de Rowling decidió parar junto a un motel de carretera y se bajaron del coche.

—Pasaremos la noche aquí —dijo mirando el sol, que insistía en brillar tras las nubes del cielo finlandés—. Si es que a esto se le puede llamar noche, claro...

Cogidos de la mano, entraron en el motel y pidieron una habitación doble. Dejaron el equipaje en el cuarto y bajaron al restaurante para cenar algo. Rowling estaba hambrienta y pidió un bistec con patatas y un par de huevos fritos, lo mismo que su padre. En cuanto el camarero dejó el pedido en su mesa ambos atacaron la cena sin preámbulos.

—No tienes por qué avergonzarte —le dijo su padre—. Puedes quitarte los guantes para comer...

Rowling enrojeció. Desde lo de Asimov nunca mostraba sus manos en público; solo había aceptado mostrar la mutilación al médico que le había curado la herida. Le daba asco ver su propia mano y no quería despertar aquel sentimiento a los que la rodeaban.

—Así me siento más cómoda —contestó.

Su padre cortó un pedazo de bistec con un movimiento preciso y la miró a los ojos con determinación.

—Algún día Asimov pagará por lo que te hizo —prometió—. Te doy mi palabra...

Su tono de voz, lleno de fuerza y seguridad, la hizo sentirse protegida: estando a su lado no volvería a ocurrirle nada malo en toda su vida. Sin embargo, aún había muchas cosas que no lograba comprender. Hizo acopio de todo su valor y se atrevió a formular una pregunta que sabía a reproche y que no había podido quitarse de la cabeza desde que tenía uso de razón.

—¿Por qué tuvimos que separarnos?

Su padre dejó los cubiertos encima de la mesa y la miró abatido.

—No teníamos elección —le aseguró—. El Profeta ordenó que nos separáramos de ti y tuvimos que obedecer.

—¿El Profeta?

—El Profeta Howard —aclaró—. Pronto lo conocerás. Es un hombre muy sabio, el único hombre que conoce el camino que salvará a la humanidad de su destrucción...

Rowling estaba anonadada, confusa. ¿Sus padres la habían abandonado solo porque un tipo que se las daba de profeta lo había dicho? No pudo evitar sentirse triste. Había temido hacer aquella pregunta por miedo a la respuesta y, una vez formulada, sus hombros hundidos y su pose decaída reflejaban una profunda decepción. Úrsula y Lucas también eran especiales, como ella, pero no por eso habían tenido que separarse de sus padres.

—Cuando lo conozcas lo entenderás —insistió su padre, presionándole suavemente el brazo.

Pero aquel gesto lleno de afecto no consiguió animarla lo más mínimo.

—Creía que estaríamos juntos...

—Y lo estaremos —aseguró su padre—. Pero antes debes conocer al Profeta...

Hacía ya más de cuatro meses que Rowling había abandonado la Secret Academy y, hasta el momento, había seguido escrupulosamente las órdenes de Asimov. Tal y como el jefe de estudios le había ordenado, había subido a un barco que la había trasladado hasta la ciudad británica de Liverpool. Allí, gracias a una web tapadera de internet, había contactado con los Escorpiones, a los que había asegurado que había conseguido huir de la isla. Al cabo de unas horas, una mujer vinculada a la organización la había recogido en las calles de Liverpool y la había escondido en un diminuto piso de la ciudad donde lo único que podía hacer era mirar la televisión y leer novelas románticas.

Aquella señora, de casi sesenta años, la había tratado bien. Le había preparado la comida y animado con la promesa de que se reencontraría finalmente con su padre. Nadie le había hablado de ningún profeta y, en su ingenuidad, había imaginado que, tras su dura infancia en orfanatos y el sufrimiento en la Secret Academy, le esperaba una vida junto a su padre. Tal vez escondiéndose para siempre, pero lejos de las confabulaciones y las luchas de poder entre los Escorpiones y la Secret Academy que tanto detestaba.

Ante aquella funesta perspectiva, Rowling sintió que estaba a punto de llorar, pero se negó a desmoronarse delante de su padre.

—Tengo que ir al baño —se excusó, y se levantó sin esperar respuesta.

Rowling escuchó la voz de su padre, llamándola, pero no se giró porque las lágrimas ya brotaban de sus ojos sin control. Entró precipitadamente en el aseo y se encerró en un compartimento individual para que nadie pudiera verla. Se maldijo a sí misma por ser tan débil. ¿Es que no sabía hacer otra cosa que llorar? No era más que una niña cobarde y egoísta. Asimov la había amenazado con hacer daño a Lucas si no actuaba como agente doble para la Secret Academy, y lo único que ella había deseado era largarse muy lejos junto a su padre, olvidarse de todos aquellos problemas y de un amigo que estaba en apuros.

Tras unos minutos, Rowling se obligó a dejar de llorar. Salió del compartimento secándose el rostro y se miró al espejo. Tenía los ojos enrojecidos y no quería que nadie notara que había estado llorando. Con la intención de lavarse la cara, se quitó el guante izquierdo con mucho cuidado y sus ojos verdes se posaron en el inexistente dedo meñique que Asimov le había cortado.

Rowling había tratado de engañarse, repitiéndose a sí misma que eran imaginaciones suyas, pero recordaba muy bien cómo tenía la mano al día siguiente de la mutilación. La herida había cicatrizado muy rápido, y una piel fina de un rosado pálido cubría la zona superior del corte. No tenía sentido seguir engañándose. La verdad estaba ante sus ojos. Su dedo había crecido por lo menos un par de centímetros desde que se lo habían cortado.

«Soy un monstruo», pensó horrorizada.

CAPÍTULO 3

«Vuelve a hablar así a mi hija y te corto la lengua.»

Martin tenía agujetas en las piernas y le costaba concentrarse en la lectura de un ensayo sobre energía sostenible que había empezado hacía un par de días. De hecho, leer, hacer ejercicio físico y admirar la naturaleza eran las únicas actividades que se podían llevar a cabo en aquel lugar aislado del norte de Finlandia.

Martin se levantó del asiento y se acercó a la gran ventana que había en la biblioteca desde donde podía admirar el lago, con sus aguas plateadas meciéndose suavemente a merced del viento. Sin embargo, los ojos de Martin no se entretuvieron en la belleza del lago, sino que se posaron en Murat.

El Escorpión, sin camiseta, estaba cortando troncos enérgicamente con un hacha. El buen estado de forma de su enemigo se reflejaba en su cuerpo musculoso y fibrado, pero lo que más llamaba la atención de su aspecto físico era el tatuaje que lucía en la espalda.

—El Profeta Howard en persona me lo tatuó —le reveló Murat en una ocasión.

Ocupando el centro de su espalda había un escorpión de color negro, con el aguijón levantado, a punto de picarse a sí mismo. El arácnido estaba rodeado por una gran llama de tonalidades rojas, amarillas y azules, como si estuviera acorralado y su única posibilidad fuera suicidarse con su propio veneno antes de morir abrasado.

Martin se había preguntado en un montón de ocasiones lo que significaba, sobre todo porque la misma imagen estaba grabada en una pared de la biblioteca. El inmenso mural, también supuestamente pintado por el Profeta Howard, tenía un gran poder hipnótico, y a menudo Martin no podía evitar desviar la vista del libro para admirar aquella magnífica pintura de misterioso significado.

En la biblioteca, sentados en un par de sillas ante la ovalada mesa de madera, se encontraban Aldous y Virgina, ambos sumidos en la lectura de un libro. Martin no se llevaba bien con ninguno de los dos y apenas les dirigía la palabra. Aldous se había sometido totalmente a Murat y parecía haber olvidado por completo su afiliación a la Secret Academy, mientras que Virginia no era más que una humilde chica sin ninguna ambición. Siempre amable e insegura, leía novelas para pasar el rato y se ocupaba de la mayoría de tareas domésticas de la casa. En realidad, Martin había coincidido con ella en el mismo barco que los condujo por primera vez a la isla Fénix, aunque, a diferencia de la mayoría de chicos y chicas, ella había renunciado a la Secret Academy en el último momento por miedo a meterse en problemas. Martin ignoraba lo que había ocurrido después, pero estaba claro que los Escorpiones habían logrado captarla para la organización.

De repente, los ladridos de los huskies rompieron la tranquilidad del lugar. Desde la ventana de la biblioteca, Martin vio que Murat dejaba de cortar leña, volvía a ponerse la camiseta y salía de su campo de visión. Alguien acababa de llegar. Desde allí tenía una privilegiada perspectiva del gran lago que, hasta hacía unas pocas semanas, había estado cubierto por una sólida capa de hielo, pero no podía ver el camino privado que llegaba hasta la casa.

Discretamente abandonó la biblioteca y bajó por la escalera de madera que conducía a la planta baja. Cruzó el amplio comedor, donde un par de troncos crepitaban en el fuego de la inmensa chimenea, y salió al exterior.

Había un todoterreno negro de la casa Mercedes aparcado en la entrada, y Murat estaba recibiendo al visitante con un cordial abrazo.

«¿El Profeta Howard?», se preguntó Martin.

Era un tipo de complexión media y pelo canoso. Tras saludar a Murat, dio la vuelta al todoterreno y ayudó al copiloto a bajar del vehículo. Asombrado, Martin vio que se trataba de Rowling.

¿Cómo había logrado escapar de la Secret Academy? Sintió que la rabia lo corroía por dentro, pero se esforzó en disimularlo. Esbozó una sonrisa irónica y se acercó hacia Rowling con su pose más altanera.

—La traidora vuelve a casa... —se burló—. ¿A cuántos compañeros has dejado en coma para escapar esta vez?

Rowling ocultó su mano izquierda en el interior de un bolsillo y dio un paso atrás. Martin estaba a punto de proseguir el ataque, pero el recién llegado de pelo canoso se interpuso en su camino.

—Vuelve a hablar así a mi hija y te corto la lengua, idiota... —Sus ojos de un violeta azulado chispeaban con furia.

—Vamos, hazlo —le retó Martin, y sacó la lengua, acercándose aún más al padre de Rowling.

—Pasa de él —intervino la chica pelirroja.

El padre de Rowling le aguantó la mirada unos instantes, cogió la mano enguantada de su hija y juntos se dirigieron a la casa. Tras unos pasos, el hombre, de unos cuarenta años, volvió a girarse hacia él.

—Te respeto por ser quien eres, Martin, pero si vuelves a meterte con mi hija lo lamentarás...

Más que intimidarlo, la amenaza lo dejó confuso. Todo el mundo sabía que él era el nieto del doctor Kubrick, y para los Escorpiones su abuelo era un secuestrador de niños tan malvado como retorcido. ¿Qué motivo tenía aquel hombre para respetarlo?

Tener que compartir mesa con sus enemigos solía ponerle de mal humor, pero con la llegada de Rowling y su padre aún se sentía más irritado. Los dos estaban enganchados como lapas y atestiguaban el gran cariño que se tenían con palabras afectuosas y tiernas caricias. Ver ese espectáculo le producía ganas de vomitar y, en cuanto terminó el último bocado de la comida, Martin se levantó de la mesa y salió al exterior sin pronunciar una sola palabra.

Sin alejarse demasiado, buscó cobijo entre los abetos que rodeaba la casa y se sentó en el suelo, disfrutando de unos instantes de soledad. Al cabo de un rato oyó una voz que lo llamaba por su nombre.

—¿Martin? ¿Martin?

Se levantó del suelo y, oculto entre las ramas de un abedul, espió una figura que se internaba en el bosque cautelosamente. Era Rowling, que miraba a su alrededor con el ceño fruncido.

Martin imaginó que quería regocijarse con su nueva situación. Sus papeles se habían invertido; la irlandesa había pasado de ser la oveja negra en la Secret Academy a ser la heroína que regresaba victoriosa a casa, justo lo contrario que él. Pero Martin no se dejaría amedrentar por nadie, y aún menos por aquella mosquita muerta. Salió a su paso con determinación y le dedicó una mirada poco amistosa.

—¿Qué quieres? —le preguntó.

Tras un respingo de sorpresa, Rowling se giró y empezó a caminar hacia él con la cabeza gacha.

—Quería hablar contigo...

—¿Y por qué no hablas con tu papaíto? —replicó Martin con sorna.

—Lo conocí ayer, es un extraño para mí —contestó frotándose sus manos enguantadas—. Estoy confusa, no entiendo qué es lo que quieren de nosotros...

No sabía dónde quería ir a parar. Rowling tendría que sentirse como un pez en el agua entre todos aquellos Escorpiones, pero hablaba en susurros para que nadie pudiera escucharla y giraba la cabeza hacia atrás para comprobar que nadie los estuviera observando.

—¿Cómo conseguiste escapar? —la interrogó

—Escondiéndome en un barco que traía suministros a la isla. Me supo mal por Lucas...

—¿Por Lucas?

—Descubrió que Asimov había trabajado para los Escorpiones —explicó Rowling—. Al nacer, cuando tan solo éramos unos bebés, nos inyectó meteora y Lucas quería que todos nuestros compañeros lo supieran...

—No me lo creo.

Una V se formó en el entrecejo de Martin mientras contemplaba a Rowling con hostilidad.

—Asimov es un sádico sin escrúpulos —una mueca de asco se formó en la cara pálida y pecosa de la chica—. Se deshizo de Lucas sin miramientos y me cortó un dedo para que delatara a la doctora Shelley...

Los ojos de Martin se posaron en los guantes de Rowling, pero no detectó nada extraño. Otra mentira. Para manipularlo, para ganarse su confianza y acabar convirtiéndolo en un Escorpión.

—Enséñame el dedo —le ordenó sin titubear.

Rowling se apartó un poco y trató de ocultar la mano izquierda en el interior del bolsillo, pero Martin fue más rápido. Aferró su brazo, dispuesto a quitarle el guante, pero cuando tocó su mano notó que el dedo meñique estaba anormalmente blando y apartó la mano bruscamente.

—Lo relleno con algodón para que no se note... —se excusó Rowling, avergonzada.

Parecía a punto de llorar, con la mirada baja y una voz tan débil que ni siquiera llegaba a susurro. Martin sintió lástima por ella y empezó a considerar la posibilidad de que hubiera más verdad que mentira en sus palabras.

—No quiero convencerte de nada —continuó cabizbaja—. Al parecer Asimov solo obedecía órdenes de ese Profeta Howard del que todos hablan. Fue él quien decidió inyectarnos meteora...

«Y pronto lo conoceremos», recordó Martin.

De repente, los huskies empezaron a ladrar de nuevo y ambos pudieron escuchar el ruido de un motor que se acercaba por el camino de acceso. Camuflados entre la vegetación, se acercaron al lugar y contemplaron la llegada de un coche con los cristales tintados de negro que se detuvo frente a la entrada.

Los huskies, levantados sobre sus patas traseras, ladraban furiosos hacia el coche, tratando de sortear la valla de madera que les impedía salir al exterior.

El chófer, un tipo fuerte y robusto que vestía con traje y corbata, salió del vehículo y abrió la puerta trasera para que el hombre que viajaba dentro pudiera salir.

—Seguro que es él —vaticinó Martin, oculto junto a Rowling tras un matorral.

Los perros cambiaron su actitud al reconocer al hombre que acababa de salir del vehículo. Dejaron de ladrar y empezaron a agitar sus colas, gimiendo ilusionados ante su llegada. El hombre, con unas gafas de sol que le ocultaban los ojos, empezó a andar agitando un bastón a un lado y al otro para comprobar que el camino estuviera despejado. Se detuvo al golpear la caseta de los perros, y los huskies, pletóricos de felicidad, empezaron a disputarse las caricias de su amo pegando saltos y moviendo sus rabos llenos de emoción.

—Ese tío es ciego, no puede ser el Profeta Howard —reflexionó Martin.

Era imposible que un invidente pudiera pintar murales de Escorpiones y aún menos tatuar la espalda de Murat.

—Pues mi padre me dijo que era ciego... —comentó Rowling.

El hombre dejó de acariciar los perros y giró la cabeza hacia donde estaban ellos. Entonces se quitó las gafas de sol y los saludó con un asentimiento de cabeza.

CAPÍTULO 4

«Alguno de mis marineros se habrá tirado un pedo.»

Margared ya llevaba tres meses anclada en la costa de Graciosa, una de las nueve islas de las Azores. Tras tanto tiempo, Úrsula conocía el lugar como la palma de su mano. Había hecho todas las excursiones habidas y por haber, se había bañado en el mar y había charlado con la mitad de los habitantes que poblaban el diminuto islote por puro aburrimiento.

El capitán Coelho, un hombre enjuto y de mejillas sonrosadas, le aseguraba una y otra vez que pronto zarparían de Graciosa y pondrían rumbo a la isla Fénix, pero el día nunca acababa de llegar. Según el capitán, estaban allí acabando de negociar el precio de unos cereales que tenían que transportar a la isla, pero ya hacía mucho tiempo que Úrsula había dejado de tragarse aquella excusa barata. De hecho, había visto con sus propios ojos cómo el capitán estrechaba la mano de un agricultor de Graciosa tras cerrar un acuerdo económico por un cargamento de trigo que ya se encontraba en la bodega del barco.

—¿Por qué no me cuentas la verdad? —solía reprocharle Úrsula.

—¡Que me parta un rayo si miento! —contestaba el capitán Coelho haciéndose el ofendido—. Falta cerrar los últimos detalles del acuerdo y ya podremos irnos. ¡Ten paciencia, jovencita!

Úrsula imaginaba que el capitán no estaba autorizado a contarle la verdad y se sentía incapaz de enfadarse con él. Siempre con un vaso de vino en la mano, solía decir que necesitaba beber porque añoraba a su hija, que, al parecer, tenía su misma edad. Sin embargo, el capitán no era el único que le daba al vino. Los miembros de la pequeña tripulación, formada por ocho marineros, se reunían de noche en cubierta y vaciaban barriles enteros mientras cantaban viejas canciones desafinando como condenados. Úrsula se había habituado a dormir con unos tapones en los oídos y, a la mañana siguiente, cuando despertaba al alba, los estruendosos ronquidos de los marineros resonaban por todo el barco.

Aquella no era una noche diferente de las demás. Hacía un buen rato que la jarana había empezado en cubierta y los marineros ya estaban algo borrachos, levantaban la voz más de la cuenta y maltrataban alguna que otra canción con sus voces roncas y pastosas.

Úrsula, sentada en el pequeño catre de su camarote, podía escucharlos claramente mientras se quitaba los zapatos dispuesta a irse a dormir. Estaba a punto de ponerse los tapones en los oídos cuando la voz del capitán Coelho se interpuso entre el jolgorio generalizado.

—¡Silencio! ¡Todos a vuestros camarotes! —gritó con autoridad.

Aquello le extrañó sumamente porque el capitán Coelho era cualquier cosa menos un aguafiestas. Gran amante del vino, Úrsula había visto más de una vez cómo sus propios marineros tenían que llevarlo hasta su camarote porque no podía tenerse en pie.

—¿Acaso estáis sordos? —insistió acallando el rumor de voces—. ¡Iros a dormir ya!

Úrsula volvió a atarse los cordones de los zapatos y se acercó a la puerta de su camarote, dispuesta a seguir escuchando.

Al cabo de unos minutos oyó pasos que se acercaban. Varios marineros, malhumorados y sin ganas de irse a dormir, se retiraban a sus aposentos.

—¿Por qué nos manda a la cama tan pronto? —preguntó uno de ellos.

—No lo sé, pero había un hombre en la playa que quería hablar con él... —contestó otro.

Con el oído pegado a la puerta, Úrsula esperó a que las voces de los marineros se callaran y, a continuación, salió furtivamente del camarote. Procurando ser silenciosa, se dirigió a cubierta y se cercioró de que ya no quedaba ningún marinero allí. Sus ojos inspeccionaron atentamente la playa, pero tampoco fue capaz de detectar el más mínimo movimiento.

La tranquilidad era tan absoluta que el único ruido que podía oírse provenía del oleaje que golpeaba la costa de Graciosa.

Úrsula giró sobre sus pasos y regresó al interior de la embarcación. El único lugar que se le ocurrió comprobar era el camarote del capitán Coelho y, mientras avanzaba sigilosamente por el pasillo, se dio cuenta de que esa vez había acertado. La puerta estaba entreabierta y un haz de luz se colaba por la rendija, así como un rumor de voces apenas audible.

Siguió caminando hasta que el suelo de madera crujió y se detuvo bruscamente, conteniendo la respiración.

—¿Has oído algo? —preguntó una voz masculina que no reconoció.

—Alguno de mis marineros se habrá tirado un pedo —contestó la voz relajada del capitán Coelho—. ¿Te apetece tomar algo de vino?

—No deberías beber tanto —le regañó la voz del desconocido—. Hay gente que ha arriesgado su vida para conseguir este documento y la operación nos ha costado mucho dinero. A nuestro jefe no le gustaría que un capitán de barco borracho y estúpido lo echara todo a perder...

Úrsula se dio cuenta de que no podía quedarse en medio del pasillo como una estatua. Si a alguno de los dos le daba por salir del camarote la pillarían in fraganti. Caminando de puntillas, avanzó los metros que le faltaban y se escondió detrás de la puerta del camarote del capitán, oculta entre las sombras.

—Tal vez sea un borracho, pero no soy un estúpido —dijo el capitán—. Mañana levaré anclas y pondré rumbo a la isla. ¿Qué podría salir mal?

—Por tu bien espero que nada —replicó el desconocido con tono amenazador—. Esa carta es muy valiosa...

—Ah, ¿sí? —preguntó el capitán bostezando—. Me pregunto cuántas botellas de vino podría comprarme con el dinero que ha costado.

—Un montón —aseguró el visitante—. El documento es una visión del Profeta Howard, escrita con su puño y letra. Solo puede leerla nuestro jefe y nadie más, recuérdalo...

Ambos se quedaron callados mientras Úrsula se preguntaba quién demonios era el jefe de esos dos individuos y el Profeta Howard.

—Me largo de aquí —dijo finalmente el visitante—. Conozco el camino, no hace falta que me acompañes.

Antes de que Úrsula pudiera reaccionar, escuchó el chirrido de una silla y alguien abrió de par en par la puerta del camarote. Oculta en la oscuridad, se acurrucó contra la pared y vio una silueta vestida con ropa oscura alejarse por el pasillo. Solo pudo verlo de espaldas y sabía que no podría reconocerlo por su aspecto físico, pero suspiró aliviada porque no se había percatado de su presencia.

Momentos después, el capitán cerró la puerta de su camarote y Úrsula pudo escuchar el tintineo de una botella y el ruido de un vaso llenándose de líquido.

Acurrucada en el suelo, esperó pacientemente en completo silencio. De vez en cuando escuchaba cómo el capitán se llenaba la copa hasta que, al cabo de mucho rato, el único sonido que le llegó del interior fue el de sus fuertes y acompasados ronquidos.

Úrsula se levantó del suelo y accionó el picaporte de la puerta con mucho cuidado. La luz estaba encendida y el capitán se había quedado dormido en la silla, recostado sobre la mesa del escritorio. Su mano derecha aún aferraba un vaso de vino a medio terminar; la pequeña habitación apestaba a alcohol.

Sigilosamente, Úrsula buscó el documento en los cajones del escritorio, pero no encontró nada que le llamara la atención hasta que, de repente, se fijó en que algo sobresalía del interior de la chaqueta del capitán. Se agachó ante él y contuvo la respiración para evitar el hedor a vino que emanaba de su aliento. Procurando que el pulso no le temblara, introdujo cautelosamente su mano en el interior de la chaqueta y sacó un sobre blanco con un mensaje en el dorso:

A la atención de Sergei Asimov

«¿Asimov era el jefe del que hablaban?», se preguntó mientras examinaba la carta.

El sobre estaba lacrado, de modo que le resultaría imposible volver a cerrar la carta una vez abierta. Preguntándose qué debía hacer, contempló al capitán Coelho profundamente dormido y profundamente ebrio. Ardía en deseos de leer la visión de ese Profeta Howard, pero sabía que si cedía a su curiosidad perjudicaría a aquel hombre. El capitán Coelho no era más que un pobre borracho de buen corazón que añoraba a su hija, y no tuvo agallas para aprovecharse de él. Devolvió la carta al interior de la chaqueta del capitán, con la esperanza de poder leer el contenido en otra ocasión.

CAPÍTULO 5

«Todo lo que hago es por tu bien...»

Una absoluta oscuridad reinaba en el interior de aquel zulo rodeado de paredes de piedra en el que, como nunca entraba la luz, resultaba imposible distinguir el día de la noche. Para no perder la noción del tiempo, Lucas hacía una marca en una roca cada día que pasaba. Solía hacerlo cada vez que Asimov le llevaba la cena y se iba tras bloquear con cerrojo la inexpugnable puerta de metal que le impedía abandonar la estrecha celda. Hasta el momento, Lucas había realizado ciento treinta y cuatro marcas y no había nada que le hiciera pensar que el jefe de estudios tuviera la más mínima intención de liberarlo.

Ya hacía rato que se había levantado y decidió golpear suavemente una roca para comprobar si la doctora Shelley ya estaba despierta.

—Buenos días, Lucas —dijo su voz.

—Buenos días —contestó de inmediato.

Aparte de Asimov, la doctora era la única persona con la que podía conversar durante el día. Estaba encerrada en el zulo adyacente, pero no podía verle la cara porque ambas celdas estaban separadas por una pared de roca maciza. Sin embargo, una pequeña abertura, un diminuto agujero en la piedra, les permitía comunicarse sin tener que levantar demasiado la voz. Lucas estaba seguro de que, sin aquella compañía, se habría vuelto loco o habría empezado a perder la perspectiva de lo que el jefe de estudios le estaba haciendo.

—No debemos olvidar que Asimov es el responsable de nuestro sufrimiento —solía recordarle la doctora.

Al parecer, la gente que sufría un secuestro podía padecer el síndrome de Estocolmo, que consistía en creer que el secuestrador era una buena persona. Asimov, siempre amable y atento, nunca los maltrataba y les traía puntualmente la comida. Incluso les había proporcionado un colchón para poder descansar más cómodamente, y libros y velas para que pudieran tener la mente ocupada leyendo.

En algún momento Lucas había llegado a pensar que se había buscado él mismo aquella situación, que si no se hubiera atrevido a amenazar a Asimov con divulgar su secreto estaría en la Secret Academy junto con sus compañeros, pero, por suerte, la doctora Shelley se encargaba de devolverle a la cruda realidad. Asimov era un tipo muy peligroso, y tarde o temprano alguien tendría que pararle los pies.

—¿Cómo te encuentras? —le preguntó la doctora.

—Mejor que nunca.

No era una respuesta de cortesía. Aquel claustrofóbico zulo de piedra no parecía el mejor lugar para recuperarse, pero lo cierto era que Lucas había progresado mucho durante los ciento treinta y cuatro días que llevaba allí dentro. Asesorado por la doctora Shelley, realizaba ejercicios de recuperación a diario y ya era capaz de caminar por sí solo, sin más ayuda que sus dos piernas. Pero lo mejor de todo eran los progresos con su brazo derecho. Aún no tenía demasiada fuerza, pero había logrado una movilidad completa y era capaz de manipular objetos con inaudita precisión.

Ni que decir tiene que la doctora encontraba casi milagrosa su fulminante mejoría. Sin embargo, le aconsejaba una y otra vez que se lo ocultara a Asimov, y Lucas le había hecho caso hasta el momento, convencido de que se trataba de un buen consejo.

—Si estás aquí encerrado es porque mostraste tus cartas a Asimov —le decía—. Él no debe saber de lo que eres capaz. Deja que te infravalore y acabarás ganando la partida.

Cada vez que Asimov acudía a la celda, le recibía sentado en la silla de ruedas y jamás movía el brazo derecho ante su presencia. «Que siga pensando que soy un tullido», se decía a sí mismo.

Y eso fue exactamente lo que Lucas hizo aquella mañana. En cuanto escuchó pasos que se aproximaban al zulo dejó de hacer ejercicios gimnásticos y se apresuró a sentarse en la silla de ruedas. Acomodó su brazo derecho en el regazo, como si estuviera inmóvil, y esperó a que se abriera la puerta metálica.

—Buenos días —le saludó Asimov con su habitual amabilidad—. ¿Has dormido bien?

—Muy bien —contestó Lucas.

El jefe de estudios, vestido con el uniforme negro de los profesores de la Secret Academy, depositó la bandeja con el desayuno en su regazo. Había un zumo de naranja, un par de huevos fritos y una tostada con jamón dulce.

—¿Quieres que te traiga algún libro?

—No, gracias, aún no he terminado el último que me trajiste —respondió Lucas.

Su estómago rugió al oler la comida y Lucas cogió la tostada con jamón con la mano izquierda. Con un movimiento deliberadamente torpe se la llevó a la boca y pegó un bocado.

—Si no necesitas nada más, voy a retirarme... —dijo el jefe de estudios con actitud atenta.

—Un momento. —Lucas tragó el bocado que se había llevado a la boca y miró a Asimov con una expresión ingenua y sumisa—. Creo que estoy preparado para volver con mis compañeros. He entendido que hay que mantener en secreto algunos asuntos por el bien de la Secret Academy y te garantizo que no voy a decir nada. A partir de ahora haré lo que me pidas.

La mirada de Asimov habría sido dulce si no fuera porque su único ojo, frío como el hielo, era incapaz de transmitir aquel sentimiento. El jefe de estudios se agachó para estar a la altura de Lucas y le presionó suavemente el hombro mientras adoptaba su habitual tono de perdonavidas.

—Nada me gustaría más que eso —le susurró con falso afecto—. Pero necesito protegerte, Lucas, y aquí dentro nadie podrá hacerte daño. ¿Lo entiendes? Todo lo que hago es por tu bien...

En lugar de enfrentarse a él, Lucas lo miró con ojos de agradecimiento.

—Lo entiendo —asintió—. Muchas gracias por cuidar tanto de mí.

—Que tengas un buen día —se despidió Asimov antes de abandonar la celda.

Lucas esperó a que la puerta metálica se cerrara y cogió los cubiertos de plástico con ambas manos. Cortó los huevos y empezó a comérselos, consciente de que aquel día, más que nunca, necesitaría disponer de toda su energía. Ya sabía de antemano que Asimov se negaría a darle la libertad, pero quería que estuviera confiado, que el plan que había preparado durante semanas lo cogiera totalmente desprevenido.

Tras terminar el desayuno, Lucas dejó la bandeja a un lado y golpeó la pared de roca para llamar la atención de la doctora Shelley.

—Lo haré ahora —la informó—. Si lo consigo, volveré a por ti. Te lo prometo...

—¡Ya lo hemos hablado mil veces, Lucas! —se quejó la doctora—. Es demasiado peligroso, demasiado arriesgado...

—Lo tengo decidido —replicó Lucas con seguridad.

Su tono no aceptaba objeción alguna por lo que la doctora se limitó a desearle suerte con un tono de voz cargado de miedo.

Lucas sabía que cada minuto era valioso y sin perder más tiempo se dirigió al fondo del zulo. Tras forcejear durante semanas había conseguido sacar una roca del suelo y, ante su sorpresa, había descubierto un estrecho conducto entre las rocas que desembocaba en una galería natural inundada por las aguas del océano Atlántico. Hizo acopio de toda su fuerza y consiguió levantar la roca. La dejó a un lado y contempló la oscuridad de las aguas que anegaban el lugar.

Sujetándose entre los salientes de las rocas, se introdujo por el conducto y se las arregló para taponar la entrada con la misma roca. Con un poco de suerte, cuando Asimov regresara para llevarle más comida, encontraría la celda vacía y pensaría que alguien lo habría liberado sacándolo por la puerta principal, sin sospechar siquiera que Lucas había encontrado otra vía de escape.

Sin embargo, nadie podía asegurarle que aquella fuera una vía de escape. Cuando completó el descenso, el agua que inundaba la galería le llegaba hasta el pecho. La marea estaba bajando y Lucas sabía que disponía de una jornada entera hasta que volviera a subir. Sus ojos se concentraron en la estrecha abertura que había excavada en la roca, al fondo, y se dirigió hacia ella avanzando a brazadas. Suponía que aquella era la entrada a un túnel subterráneo que se adentraba en el interior de la isla, pero también era consciente de que podía desembocar en un callejón sin salida. En ese caso, el cruel desenlace no sería otro que su muerte.

Sin mirar atrás, Lucas entró en el túnel y empezó a avanzar en la más absoluta oscuridad. No veía más allá de un palmo y tenía que arrastrarse como una serpiente porque el conducto era demasiado estrecho para ponerse de pie. El avance era penoso porque tenía que usar ambos brazos para arrastrarse, y el derecho aún estaba demasiado débil para realizar aquel esfuerzo. Además, había salientes puntiagudos en el suelo y Lucas empezó a notar cortes y magulladuras en brazos y piernas.

Pese al dolor y al cansancio, Lucas siguió adelante. Sabía que había llegado demasiado lejos para arriesgarse a volver atrás. ¿Cuántas horas llevaba recorriendo aquel inacabable túnel? Resultaba imposible saberlo con certeza. Extenuado, siguió reptando penosamente por el suelo. Todo estaba tan oscuro que Lucas no apreció la curva, y el peligroso saliente de la roca, hasta que fue demasiado tarde. Se golpeó la cabeza y notó cómo un reguero de sangre brotaba de su frente. Entonces perdió el conocimiento.

Se despertó con el sabor salado del agua de mar en los labios. Tenía sangre reseca en la sien y varios cortes en los brazos y las piernas. Lucas tardó unos segundos en recordar dónde estaba, pero el pánico no afloró hasta que acertó a interpretar el significado de aquella agua que empezaba a anegar el túnel. Solo podía tratarse de una cosa: se había hecho de noche y la marea estaba subiendo.

¿Tanto tiempo había pasado?

Lucas tenía mucha sed, pero resistió la tentación de beber agua salada porque sabía que aún sería peor. Se sentía débil y enfermo, y era demasiado consciente de que había avanzado demasiado para regresar a la celda. Rodeado de oscuridad, el pánico le arrancó un grito que resonó por aquella estrecha cavidad mientras se acurrucaba contra la pared con la respiración entrecortada. «Has querido hacerte el héroe y lo vas a pagar con tu vida», se dijo maldiciéndose por no haber seguido los consejos de la doctora Shelley.

El miedo a morir lo empujó a actuar. Sacando fuerzas de donde no tenía, se puso a cuatro patas y avanzó por el pasillo hundiendo las manos y las rodillas en la fría agua. Ignoró el dolor e ignoró el cansancio, aunque se arrastraba con gran dificultad. Sus ojos ansiosos buscaban luz al final del túnel, pero, por mucho que creía progresar, aquel momento no llegaba. Cada vez más débil, veía con impotencia cómo el nivel del agua seguía subiendo, dificultando aún más sus torpes movimientos.

Recorrer cada metro suponía un esfuerzo sobrehumano mientras la marea seguía subiendo inexorablemente. El agua le llegó a los codos, luego a las nalgas y por fin le cubrió la espalda hasta que la única parte del cuerpo que sobresalía era su cabeza. Respiraba agónicamente. Lucas no podía creer que aquel fuera el final. Le entraron ganas de llorar al recordar a sus seres queridos. Sus padres no merecían perder a su único hijo. ¿Y qué sería de Rowling? ¿Y de Úrsula? ¿Dejaría solas a sus amigas a merced de un psicópata como Asimov? Se negaba a aceptar que el jefe de estudios acabara saliéndose con la suya, pero la única realidad estaba en aquella agua que iba anegando el túnel y que ya le llegaba hasta la boca.

Trató de coger aire por la nariz y siguió abriéndose paso en la impenetrable oscuridad hasta que su cara golpeó contra la maciza roca que le cortaba el paso. Perdió el equilibrio y su cuerpo se sumergió, tragando agua salada. Cuando consiguió volver a la superficie tuvo un acceso de tos. Tenía el cuerpo helado y trató de mantener la compostura y no dejarse llevar por el pánico. Inclinó la cabeza hacia arriba y su nariz rozó la pared superior del túnel mientras el agua le cubría la nuca y los oídos. Le costaba respirar, como si el oxígeno se estuviera acabando, y a ciegas, palpó la pared de piedra que tenía enfrente.

Con horror, constató que el túnel acababa allí. No había escapatoria. Ninguna posibilidad de sobrevivir. Lucas habría querido mirar la muerte de frente, con entereza, pero cuando el agua cubrió su nariz y vio que ya no podía respirar se puso histérico y empezó a golpear el muro con movimientos espasmódicos y compulsivos. Sin oxígeno en los pulmones, su cara empezó a hincharse y volvió a tragar agua, pero entonces...

Entonces ocurrió algo demasiado milagroso como para ser verdad...

CAPÍTULO 6

«¿Hay alguien ahí?»

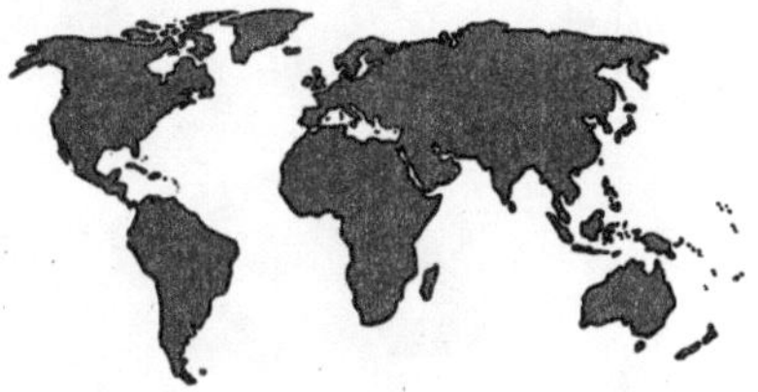

La presión arrastró a Lucas varios metros hacia delante, que rodó por el suelo escupiendo agua y tosiendo entre espasmos agónicos. Ni se preguntó qué había ocurrido hasta que consiguió llenar sus pulmones de aire y pudo cerciorarse de que no estaba muerto. ¿Seguro que seguía vivo?

Una tenue luz verde de aire sobrenatural iluminaba la amplísima estancia, y Lucas volvió la cabeza atrás al oír un crujido, justo a tiempo para ver cómo el túnel de piedra se cerraba herméticamente, impidiendo que la abundante agua siguiera entrando en aquel inhóspito lugar. Tras recuperar el aliento, se preguntó qué tipo de mecanismo había hecho posible aquello, pero no logró dar con la respuesta. Las paredes, bajo la lúgubre luz verde, parecían de piedra, y no fue capaz de esclarecer la tecnología que había obrado aquel milagro.

Lucas acarició el suelo con la palma de la mano y se dio cuenta de que reposaba sobre roca volcánica. ¿Había cruzado toda la isla hasta llegar al interior del volcán que la dominaba? A juzgar por la cantidad de horas que había pasado arrastrándose por el suelo, aquella era una posibilidad más que probable.

Agotado, Lucas consiguió ponerse en pie y miró a su alrededor.

—¿Hay alguien ahí?

Su propia voz reverberó mil veces entre las colosales paredes de la cueva, pero no hubo ninguna respuesta. Empapado, sentía frío y sabía que debía comer y beber si no quería caer desfallecido. Necesitaba a toda costa encontrar una salida a aquella prisión de bastos muros y debía hacerlo mientras aún le quedaran fuerzas para seguir adelante.

Se sentía tan diminuto como una polilla en una catedral, pero se obligó a caminar por el rugoso suelo de roca volcánica. Atraído por la titilante luz verde que alumbraba el lugar, Lucas avanzó a trompicones hasta que cruzó una abertura. Entonces se quedó mudo por la sorpresa.

Pese a que la luz no era demasiado cegadora, tras los meses pasados en la oscuridad, no tuvo otro remedio que entrecerrar los ojos. Aquello era demasiado extraño para pertenecer a la realidad y se pellizcó para asegurarse de que no estaba soñando.

En una pared lisa, tan grande como una casa, se extendía la brillante silueta de un mapa del mundo. Daba la sensación de que estaba iluminada por un proyector, pero los ojos de

Lucas no fueron capaces de detectar ningún aparato en la cueva. Extrañado, estudió el mapa con atención. Repartidos por los cinco continentes del mundo, había círculos que palpitaban y lanzaban destellos de color verde. Lucas los contó pacientemente. Había veintiocho.

«¿Quién ha hecho esto? ¿Con qué propósito?», se preguntó.

Algunos círculos palpitantes estaban solos, totalmente aislados en lugares como Sudáfrica, Estados Unidos, Australia o Rusia, pero otros estaban muy agrupados. En un país del norte de Europa, probablemente Finlandia o Noruega, había cuatro de ellos en un mismo lugar. No obstante, la mayoría se concentraba en una solitaria isla del Atlántico, en el Ecuador. Allí, muy apretujados, contó hasta catorce círculos. También se fijó en que uno de ellos, en medio del Atlántico, se movía muy lentamente, aproximándose a la isla.

Tal vez fuera por el agotamiento, o tal vez por el estupor, pero Lucas no consiguió captar el significado de esos círculos hasta al cabo de unos segundos.

«Somos nosotros —comprendió—. Nosotros somos los círculos.»

CAPÍTULO 7

«Los únicos que pintan algo aquí son los miembros del equipo del fuego.»

Úrsula salió del cuarto de baño con una toalla enrollada al cuerpo y contempló las aguas del agitado océano a través de la ventana de su habitación. Estaba tan furiosa como la feroz tormenta que azotaba la isla Fénix. Las olas encrespadas estallaban con furia en la playa, el viento amenazaba con arrancar de cuajo los cocoteros y la ensordecedora lluvia golpeaba violentamente los cristales. Asimov le había asegurado que aquel tiempo era propio del clima tropical de la isla, pero Úrsula, que esperaba ser recibida por un sol radiante, no podía evitar interpretarlo como un vaticinio oscuro, una inequívoca señal de que los acontecimientos que se avecinaban serían convulsos.

Tendría que sentirse como en casa, pero aquella habitación le resultaba ajena. Primero la había compartido con

Lucas y Rowling y, más adelante, con Martin. Al parecer ninguno de ellos se encontraba ya en la isla, por lo que no le quedaba más remedio que dormir sola. Ya sabía que Martin se encontraba en poder de los Escorpiones y no le había sorprendido lo más mínimo enterarse de que Rowling había escapado, pero lo de Lucas la había sacado de sus casillas.

—Lo siento, Úrsula —se había disculpado Asimov—. Hace meses que Lucas volvió con sus padres a Barcelona.

—¡Pero el doctor Kubrick me dijo que aún estaba aquí! —protestó con indignación, y recordó que había estado a punto de llamar a su casa.

—Habrá sido un malentendido —replicó Asimov como si se tratara de un pequeño detalle sin importancia.

Úrsula, profundamente irritada, no se tragaba que aquello fuera un simple malentendido. Estaba convencida de que uno de los dos, Kubrick o Asimov, estaba mintiendo descaradamente. «¿Por qué esconden a Lucas?», se preguntó, prometiéndose que daría con la respuesta costara lo que costase.

Sabía que todos la estaban esperando en el comedor para darle la bienvenida, así que Úrsula se apresuró a secarse el pelo y a vestirse con el uniforme de la Secret Academy. Hacía tanto tiempo que no se lo ponía que olía a armario, pero se sintió bien con aquella prenda de ropa que se ajustaba a su cuerpo como una segunda piel. Iba a mirarse en el espejo del baño cuando alguien llamó a la puerta.

—Adelante —dijo Úrsula.

Al instante, Salgari y Orwell entraron en la habitación con rostros sombríos y miradas de preocupación. Los tres formaban el equipo de la tierra y lucían un mismo uniforme de color marrón que los unía e identificaba. Salgari era tenaz y tozudo, de ideas fijas, mientras que Orwell era un bonachón con sobrepeso y tan poca malicia como talento.

—¿Molestamos? —preguntó Salgari pese a estar ya dentro de la habitación.

Úrsula negó con la cabeza mientras acababa de doblar la toalla con la que se había secado el pelo.

—El primer curso de la Secret Academy ya se ha acabado, y tanto Orwell como yo ya hemos decidido que no volveremos después de las vacaciones —la informó Salgari—. Nos quedaremos en casa, con nuestras familias.

—Hay otros alumnos que también van a hacer lo mismo —añadió Orwell.

Úrsula se sorprendió. La verdad era que había estado tan pendiente del estado de salud de Lucas que no había pensado demasiado en las vacaciones de verano, pero sus compañeros llevaban toda la razón. El curso terminaba en agosto y aquella fecha ya había llegado.

—¿Por qué queréis dejarlo? —Úrsula se dirigió a la puerta de salida para encaminarse hacia el comedor.

—La Secret Academy apesta —repuso Salgari mientras caminaba a su lado—. Cada día que pasa hay más mierda a nuestro alrededor y los únicos que pintan algo aquí son los miembros del equipo del fuego. Asimov solo confía en ellos...

Úrsula respondió en silencio, con un grave asentimiento de cabeza. Siempre había tenido la sensación de que el equipo del fuego era el favorito del jefe de estudios.

—¡Y no te olvides de que nos han quitado internet! —señaló Orwell, que caminaba algo rezagado—. Llevamos ocho semanas sin hablar con nuestros padres...

Úrsula se detuvo un instante, acariciándose los labios, pensativa. Ya había vivido lo bastante para darse cuenta de que la Secret Academy no era una simple escuela, pero le resultaba sumamente extraño que ni tan solo permitieran a los alumnos comunicarse con sus progenitores. Tenía que haber algún error.

—Tal vez haya alguna avería con internet... —sugirió.

—Eso es lo que Asimov nos dice, pero yo no me lo creo —contestó Salgari mientras bajaban las escaleras—. Estudiamos en una escuela modernísima, con profesores de lujo, instalaciones supersofisticadas y una academia virtual alucinante, con unos programas de entrenamiento únicos en el mundo... ¿Qué sentido tiene que ni siquiera tengamos acceso a internet?

«Ninguno», pensó Úrsula, pero no acertaba a comprender la lógica de aquella insinuación. ¿Acaso el doctor Kubrick no quería que los alumnos de la Secret Academy hablaran con sus padres?

Úrsula aún estaba dándole vueltas al asunto cuando llegó ante la doble puerta metálica que conducía al comedor. Seguida por sus dos compañeros, la empujó con decisión y entró.

Todos los alumnos y profesores de la Secret Academy la obsequiaron con una cálida ovación mientras formaban un pasillo a su paso que conducía hacia la tarima. Allí se encontraba el jefe de estudios.

—¡Bienvenida a tu casa, Úrsula! —exclamó Asimov.

Pese a las sonrisas generalizadas, los enérgicos aplausos y los rostros que la contemplaban con admiración, Úrsula sintió que aquel recibimiento era algo desangelado. Tal vez se debiera al mal tiempo, con las violentas ráfagas de viento y la incesante lluvia, pero intuyó que detrás de aquellos rostros que la miraban con una sonrisa en los labios había miedo e incertidumbre...

—Me siento muy orgulloso de recibir a una auténtica heroína —proclamó Asimov, indicándole que subiera a la tarima junto a él—. Úrsula ha participado en una misión muy peligrosa, muy decisiva y muy importante para la Secret Academy y ha regresado victoriosa a casa. ¡Su éxito es nuestro éxito! ¡Viva la Secret Academy!

—¡Viva! —corearon la mayoría de alumnos y profesores.

Mientras subía a la tarima, Úrsula se dio cuenta de que los más participativos eran los miembros del equipo del fuego. Todos juntos, ataviados con sus uniformes brillantes, formaban una mancha roja alrededor de Quentin, el nuevo líder.

Úrsula pensó en Martin y en lo mucho que habría disfrutado de aquel momento, pero ella no estaba de humor para vítores y aplausos. ¿Qué había que celebrar? ¿Que nadie sabía dónde estaba Lucas? ¿Que tanto Martin como Aldous habían sido secuestrados por los Escorpiones? ¿Que Rowling había escapado impunemente de la isla?

A regañadientes, Úrsula se aclaró la garganta y el rumor de voces que llenaba la sala empezó a silenciarse.

—Hola a todos —saludó—. No me siento ninguna heroína, así que no esperéis ningún relato emocionante. Solo deciros que la misión se complicó mucho y que nos topamos con Escorpiones, gente muy peligrosa, dispuesta a matar para conseguir sus objetivos...

Si quedaba alguna sonrisa en la sala, se esfumó tras ese comentario.

—Es cierto que logramos concluir con éxito la misión —continuó Úrsula—. Sin embargo, tenemos que lamentar la pérdida de dos compañeros: Martin y Aldous. Los dos han sido capturados por nuestros enemigos, y no tengo la menor idea de qué es lo que van a hacer con ellos...

Un grave silencio invadió el comedor. Úrsula sintió que le temblaban las piernas mientras revivía los angustiantes momentos que había tenido que sufrir en sus carnes. Pero enseguida notó la manaza de Asimov rodeándole la espalda con actitud protectora.

—Úrsula ha hablado con mucha humildad —dijo con su tono de voz viril y calmado—. Su valentía nos ha permitido ganar la primera gran batalla a los Escorpiones, pero la guerra solo acaba de empezar...

Úrsula contempló los rostros preocupados que llenaban el auditorio. Incluso profesores como Stoker o Clarke parecían turbados e intranquilos.

—Mi deber como jefe de estudios es proteger a los alumnos que estudian en esta escuela, por lo que no puedo ignorar la cruda realidad. —Asimov apartó el brazo que rodeaba la espalda de Úrsula y su único ojo resiguió uno por uno a todos los asistentes al acto—. Los Escorpiones tienen un objetivo muy claro: secuestraros, secuestrar a todos los alumnos de la Secret Academy. Por ese motivo, no me queda más remedio que cancelar vuestras vacaciones. Lo siento, chicos, por vuestra seguridad y la de vuestras familias, tendréis que quedaros todo el verano aquí en la isla.

El auditorio se quedó completamente mudo por la sorpresa y ni un solo aplauso resonó entre las cuatro paredes del comedor. Los alumnos intercambiaron miradas de circunstancias mientras trataban de asimilar aquella pésima noticia. A Úrsula le pareció que los miembros del equipo del fuego no parecían demasiado sorprendidos, pero otros como Tolkien, Akira o Herbert, del equipo del agua, se habían quedado tristes y alicaídos. En cambio, Salgari y algunas chicas del equipo del viento, como Margared o Chandler, estaban claramente indignados, muy ofendidos ante la inesperada noticia.

Úrsula se quedó en silencio, contemplando las reacciones que se producían a su alrededor. Sabía que los Escorpiones eran peligrosos y que era completamente cierto que pretendían secuestrarlos a todos, pero había algo que la inquietaba, una idea que empezaba a cobrar demasiado sentido. De repente tuvo la sensación de que los argumentos de Asimov no eran más que una excusa para retenerlos en aquella isla, en aquella prisión flotante cercada por las aguas del Atlántico.

Por primera vez se formuló una pregunta que le despertó sentimientos contradictorios: ¿quiénes eran, en realidad, los secuestradores? ¿Los Escorpiones? ¿O la Secret Academy?

CAPÍTULO 8
«¿Sabéis lo que hacen los escorpiones cuando están rodeados por el fuego?»

Ya estaban todos sentados alrededor de la ovalada mesa de la biblioteca cuando el Profeta Howard, con la vista oculta tras unas gafas de sol, entró agitando su bastón a izquierda y derecha.

—Buenas tardes a todos —les deseó mientras avanzaba comprobando que no había ningún obstáculo bloqueándole el paso.

—Buenas tardes —contestaron casi todos.

Martin fue el único que se quedó callado, maldiciendo para sus adentros la actitud solícita de todos los que le rodeaban. ¿Acaso era el único que no sentía ninguna deferencia por aquel ciego presumido? Indignado, se fijó en que no solo Murat y el padre de Rowling lo miraban con admiración, sino que Aldous, Virginia y la misma Rowling pare-

cían sentir un gran respeto por aquel individuo. Martin se preguntó si el respeto de la irlandesa era sincero o fingido. «Es demasiado buena actriz como para saberlo a ciencia cierta», pensó, y se concentró en prestar atención a lo que ocurría a su alrededor.

El Profeta Howard dejó que el padre de Rowling retirara su silla y se acomodó en un extremo de la mesa, presidiendo la reunión. Su voz, cálida y agradable, tenía el calor del crepitar del fuego y pegaba bien con sus facciones relajadas. El Profeta Howard lucía una sonrisa franca y sincera en un rostro completamente afeitado, salvo por una perilla rubia muy fina, casi imperceptible. Debía de tener unos cuarenta y cinco años, aunque su cabeza completamente rasurada le hacía parecer algo mayor. Dejó a un lado el bastón y levantó la cabeza con aire de iluminado.

—Algunos de vosotros ya me conocéis; otros vais a escuchar mi historia por primera vez en vuestra vida. —El Profeta giró la cabeza hacia Martin, como si lo estuviera mirando—. No pretendo convenceros de nada, solo que conozcáis la verdad que nadie os ha querido explicar hasta ahora...

«¿Acaso me mira a mí?», se preguntó Martin incómodo. Empezaba a cuestionarse que fuera ciego de verdad, pero la duda se disipó cuando el Profeta se quitó las gafas de sol. No había ninguna luz en aquellos ojos muertos. Estaban cubiertos por una pátina completamente lisa, de un blanco lechoso, límpido e inmaculado. Sin proponérselo, Martin apartó la mirada con una mueca de disgusto impresa en el rostro.

—Soy invidente desde que nací —explicó, y a continuación volvió a colocarse las gafas de sol—. Sé que la gente siente pena por mi carencia, pero yo soy incapaz de echar en falta algo que nunca he tenido. Desde pequeño me acostumbré a usar mis otros sentidos: el oído, el tacto, el olfato y el gusto, y conseguí todos mis objetivos como cualquier otro chico de mi edad. Estudié una carrera en la universidad, encontré novia y tuve la oportunidad de formar una familia.

Martin miró a su alrededor. Todo el mundo estaba en silencio, escuchando atentamente las palabras de aquel hombre. Su voz musical era digna de un locutor de radio, y Martin no pudo evitar quedarse algo embelesado, absorbido por la narración.

—Siempre intenté ser un hombre normal y corriente, un hombre del montón, pero jamás lo conseguí. Mi fortuna personal me lo impidió. Desde que nací fui inmensamente rico, tan rico que para mí el dinero nunca ha tenido ningún interés. En cambio mi padre estaba tan obsesionado con sus negocios que apenas tuvo tiempo para mí. Casi siempre estaba reunido o de viaje, y trataba de compensar su falta de atención con regalos tan absurdos como innecesarios. Una vez me regaló una colección de cuadros de un célebre pintor francés sin caer en la cuenta de que lo único que un ciego como yo podía hacer con esas pinturas era venderlas para comprarme algo con lo que pudiera disfrutar de verdad.

»Aunque parezca mentira, así era mi padre...

El Profeta Howard suspiró, sumido en lo que parecía un doloroso recuerdo de juventud. Su mano derecha buscó a tientas por encima de la mesa hasta dar con un vaso de agua. Lo sujetó cautelosamente y se lo llevó a la boca. Tras dar un generoso trago, reprendió la narración.

—Mi vida cambió bruscamente hace unos quince años, cuando mi padre volvió a obsequiarme con otro de sus excéntricos regalos. Al parecer se había aprovechado de la desesperación de un magnate turco llamado Mussakan Yusuf para comprarle, a precio de saldo, el fragmento de una valiosa reliquia. Se trataba de un mineral de color verde que, según la leyenda, había pertenecido al mismísimo Alejandro Magno...

Martin se quedó blanco como el papel. De repente las piezas empezaban a encajar y se quedó mirando fijamente todos los movimientos de aquel hombre ciego que tenía a menos de un metro de distancia.

El Profeta Howard se colocó ambas manos alrededor del cuello y sacó un colgante que alumbró con poderosos destellos verdes los semblantes de todos los presentes.

—Incluso yo, un ciego que había pasado toda mi vida sumido en la más absoluta tiniebla, pude captar esta luz tan poderosa...

Era meteora, no había duda alguna. Aquel brillo cegador era absolutamente inconfundible y Martin se preguntó cómo habría llegado aquel fragmento a manos del Profeta Howard. En una fracción de segundo visualizó la Joya de Alejandro Magno que había tenido en sus propias manos y recordó que, entre aquellos ornamentos de oro, faltaba un trozo de meteora. Ya sabía dónde estaba. Sujeto por una burda cuerda de cuero, el Profeta Howard sostenía el fragmento perdido del fabuloso mineral.

—Una nueva vida, llena de posibilidades, se abrió ante mí —continuó el líder de los Escorpiones—. Por primera vez en mi vida capté una luz, sentí el calor, la fuerza de este mineral, y supe que mi destino quedaría para siempre atado a esta piedra...

El Profeta Howard dejó el colgante de meteora a la vista de todo el mundo y continuó su larga explicación.

—Mi primera visión se produjo aquí, en Finlandia, en esta casa, en esta biblioteca... —reveló—. Desde hacía algunos años solía venir aquí de vacaciones con mi pareja y mis dos mejores amigos. Algunos de vosotros ya conocéis a uno de ellos. Sergei Asimov, jefe de estudios de la Secret Academy, fue íntimo amigo mío antes de traicionarme por un puñado de monedas. El otro está presente en esta sala, mi fiel e inseparable amigo Marcel Rowling...

El padre de Rowling asintió con la cabeza ante las atentas miradas de todos los asistentes a la reunión.

El Profeta Howard bebió otro sorbo de agua y retomó la palabra. El vívido recuerdo hizo que sus labios temblaran por la emoción y agitara sus manos enérgicamente.

—Sentí un deseo incontenible, la fuerza arrolladora de un volcán, y mis ojos ciegos se abrieron en mitad de la noche con un impulso irrefrenable. Incapaz de reprimirme, subí hasta esta habitación y me quedé solo entre estas cuatro paredes vacías. Un ciego no debería pintar nada, pero en aquel momento la meteora me iluminaba, guiaba mis dedos, me empujaba a la creación. En la oscuridad, mi mente pudo ver colores, formas y texturas, y mis manos agarraron pinceles con la seguridad de un gran maestro y mezclaron colores buscando la tonalidad exacta. Totalmente concentrado, pasé horas recreando la imagen que tenía gravada en mi cabeza hasta conseguir el resultado que está ante vuestros ojos.

El Profeta Howard señaló el mural que había pintado en la pared, y Martin lo contempló con escepticismo. El escorpión negro, con el aguijón levantado muy cerca de su cogote, rodeado por una poderosa llamarada de vivas tonalidades amarillentas, rojas y azuladas.

La historia que había escuchado hasta ese momento parecía perfectamente razonable, pero había demasiada fantasía y ciencia ficción en aquella supuesta visión. Miró al hombre ciego arqueando una ceja con incredulidad y decidió que era completamente imposible que hubiera pintado aquel mural.

«Nos está tomando el pelo», pensó, pero a juzgar por la expresión de Rowling y Aldous, sus compañeros sí que se estaban tragando aquella historia.

—No puedo deciros cómo, pero supe de inmediato lo que significaba esta imagen...

El Profeta Howard se levantó del asiento y se acercó hacia el mural agitando el bastón a izquierda y derecha para asegurarse de que no tropezaba con nada. Cuando el palo golpeó la pared resiguió el mural con la mano izquierda, acariciando la silueta negra del escorpión.

—He aquí el escorpión, que representa a la humanidad. —El Profeta se giró hacia todos y habló con inalterable seguridad—. Los hombres somos como los escorpiones: venenosos, letales y mortíferos. ¿Sabéis lo que hacen los escorpiones cuando están rodeados por el fuego?

Nadie contestó. Todos admiraban el siniestro mural que casi ocupaba la totalidad de la pared y se sentían hipnotizados por el discurso del Profeta.

—Un escorpión rodeado por las llamas se clava su propio aguijón, se suicida antes de morir abrasado... —contestó él mismo mientras reseguía las poderosas llamas pintadas en la pared con ambas manos—. Este fuego representa las crecientes amenazas que se ciernen sobre la humanidad: superpoblación, contaminación, cambio climático... Las llamas son cada vez más ardientes, más poderosas, más amenazadoras... Cada minuto, cada hora, cada día que pasa, el escorpión está más rodeado de fuego y pronto no tendrá otra alternativa que clavarse su propio aguijón y morir...

El Profeta Howard se quedó en silencio un instante y se quitó las gafas de sol, mostrando sus ojos muertos, huérfanos de luz. Al instante su voz volvió a resonar en la sala, con una gravedad profunda, casi aterradora.

—La humanidad está destinada a desaparecer, a morir víctima de su propio veneno...

—¡Pero tiene que haber alguna esperanza! —protestó Aldous con un hilo de voz.

Martin miró a su ex compañero con una mueca de disgusto y cerró la mandíbula con fuerza, haciendo rechinar los dientes.

—Esta es nuestra esperanza. —El Profeta Howard se quitó el colgante y levantó el fragmento de meteora, dejando que sus destellos verdes se sobrepusieran a la tenue luz que se colaba por los ventanales de la biblioteca—. La meteora llegó al planeta Tierra para salvarnos de nosotros mismos, y me ha escogido a mí, el Profeta Howard, para comunicarse con la humanidad.

Frente al mural del escorpión y bajo los destellos verdes de meteora, el Profeta tenía un aspecto imponente. Las venas del cuello estaban hinchadas y ladeaba la cabeza lentamente, clavando el blanco de sus ojos en todos los presentes.

—Meteora me susurra al oído lo que debo hacer. Primero me dijo que la humanidad era como un escorpión rodeado por las llamas, y entonces fundé la Orden del Escorpión con el único objetivo de apagar el fuego que amenaza con destruirnos a todos. No obstante, para conseguirlo necesitaba unos abanderados, unos estandartes, unos elegidos que representarían la lucha de la humanidad por su supervivencia...

El Profeta Howard levantó el brazo y señaló hacia los presentes con el dedo índice extendido.

—Yo mismo os escogí personalmente para concederos el don de meteora. —Su dedo índice recorrió a todos los presentes en la sala, y Martin sintió un escalofrío cuando aquella mirada muerta se clavó en él—. Os sujeté entre mis brazos cuando tan solo erais unos recién nacidos y percibí con nitidez vuestro destino, vuestra fuerza, vuestro valor... Noté que erais los elegidos y que merecíais ser los portadores del don de meteora...

Tras un largo suspiro, el Profeta Howard guardó el fragmento de meteora en el interior de sus ropajes y pareció deshincharse un poco. Con los hombros caídos, recogió su bastón y volvió hacia la mesa caminando a tientas.

—Es cierto. —Suspiró—. Ordené al entonces Escorpión Sergei Asimov que os inyectara meteora y así lo hizo. Muy a mi pesar, tuve que separarme de vosotros y, para que pudierais tener una infancia feliz, decidí posponer esta explicación para cuando cumplierais la mayoría de edad...

Profundas arrugas, llenas de preocupación, se formaron en su amplia frente mientras retomaba la palabra.

—Sé que aún sois niños, pero las circunstancias me han impedido seguir con mis planes iniciales. Como ya sabéis, el doctor Kubrick, con la ayuda del traidor Sergei Asimov, fabricó unos caramelos para encontrar a los veintiocho chicos y chicas con el don de meteora y así retenerlos en la isla Fénix.

La alusión a su abuelo puso tenso a Martin, pero se quedó en silencio sin mover un solo músculo de la cara. Solo los nudillos de sus puños, blancos por la fuerza con que cerraba las manos, revelaban la contrariedad que sentía.

—El doctor Kubrick es un hombre muy peligroso, sobre todo por su profunda y absoluta ignorancia. Su olfato ha detectado poder en la meteora y por eso ha empezado a meter sus zarpas en un asunto que puede estallarle en las manos. Sus estúpidos movimientos están comprometiendo el destino de la humanidad, y vosotros tenéis el deber de detenerlo.

Martin a duras penas podía contener su indignación. ¿Cómo se atrevía a hablar así de su abuelo? La arrogancia de aquel hombre le sacaba de sus casillas, pero recurrió a toda su fuerza de voluntad para no dejarse llevar por la rabia que le recorría el cuerpo.

Sin prestarle atención, el Profeta Howard prosiguió implacablemente con su discurso.

—La intromisión del doctor Kubrick me ha obligado a acelerar las cosas. La guerra ya ha empezado. Todos vosotros debéis tomar partido: doctor Kubrick o Profeta Howard, Secret Academy o Escorpiones. Solo espero que os deis cuenta de que el doctor Kubrick es el verdadero ciego y que no es capaz de comprender lo que está ocurriendo en nuestro mundo. Su victoria supondría el fin de la humanidad...

El tono apocalíptico del líder de los Escorpiones sumió la biblioteca en un silencio tenso, lleno de expectación.

—Murat es el único iniciado, el único de los veintiocho que ha aceptado su condición de Escorpión. —Tras un leve asentimiento de cabeza, ladeó su cabeza afeitada hacia los demás, que seguían sin pronunciarse—. Ya he hablado bastante por hoy. Ahora ha llegado el turno de los elegidos. Sois vosotros los que debéis escoger vuestro camino. Hablad ahora, os escucho con atención...

Se creó un silencio. Sin proponérselo, una expresión amenazadora se formó en el rostro de Martin, pero allí, rodeado de enemigos en un recóndito lugar de Finlandia, no tenía ninguna influencia sobre los compañeros a los que trataba de intimidar.

—Deseo iniciarme —aseguró Aldous, ignorando la expresión de Martin.

—Y yo —añadió Virginia.

Martin los fulminó con la mirada, pero se dio cuenta de que se estaba quedando muy solo. Para más inri, Rowling se puso en pie con una expresión en los ojos llena de determinación.

—Nunca formé parte de la Secret Academy —declaró quitándose el guante izquierdo. Levantó la mano mutilada, formada por cuatro dedos, y la mostró a todo el auditorio—. Los enemigos del Profeta Howard trataron de intimidarme cortándome este dedo, pero no lo consiguieron. No estoy dispuesta a esconderme, haré lo que sea necesario para salvar a la humanidad. Estoy preparada para iniciarme.

La sentencia de Rowling fue tan majestuosa que todos se quedaron callados durante unos instantes. Su propio padre parecía emocionado mientras la chica pelirroja volvía a ponerse el guante y se sentaba otra vez en la silla.

—No esperaba menos de la hija de mi mejor amigo. —La felicitó el Profeta con una sonrisa. A continuación, ladeó su cabeza hacia Martin, como si pretendiera observarlo a través de aquellos ojos muertos—. Tu silencio es un no. ¿Me equivoco, Martin?

—No te equivocas —replicó arqueando sus cejas rubias—. Siempre seré fiel al doctor Kubrick y a la Secret Academy.

—Siempre es demasiado tiempo, Martin. —El Profeta Howard sonrió con indulgencia—. Puedo percibir tu poderosa aura roja, el fuego llameante que arde en tu interior, tan intenso como cuando te sostuve entre mis brazos siendo aún un bebé y decidí concederte el don de meteora. Tu lugar está junto a mí, Martin. Pronto descubrirás que tu vida al lado del doctor Kubrick no ha sido más que una mentira...

CAPÍTULO 9

«Tienes un ángel de la guarda dentro de tu cuerpo.»

Era como si estuvieran hurgando en una herida abierta con un alfiler. Cada pinchazo era más doloroso que el anterior, y Rowling ya llevaba varias horas esperando que ese suplicio acabara de una vez por todas. Estaba pálida y sudaba, su rostro reflejaba una mueca de angustia, pero sus cuerdas vocales no emitieron el más mínimo quejido. Se limitó a aguantar el dolor estoicamente, tal y como había hecho a lo largo de su vida.

—Ya falta poco —la animó el Profeta Howard.

Su voz, grave y musical, era relajante, pero no consiguió aliviar su sufrimiento. Tumbada boca abajo encima de una camilla, Rowling giró la cara para ver cómo el Profeta Howard repasaba el tatuaje minuciosamente. Entre las llamas zigzagueantes que rodeaban el gemelo de su pierna izquierda, se erguía un escorpión negro con una larga cola que se entrelazaba por la pierna y que amenazaba con picarse a sí mismo.

La chica irlandesa se había temido un verdadero estropicio, porque no veía nada claro que un ciego fuera capaz de hacer un tatuaje, pero la inverosímil verdad estaba ante sus ojos. El dibujo era sencillamente perfecto: bien proporcionado y con una composición de colores exquisita.

Sin embargo, pese a la excelente técnica del tatuador, Rowling no se sentía nada feliz. La mera idea de llevar grabado un dibujo en la piel para siempre ya le parecía poco apetecible por sí sola, pero lo que más la disgustaba era la naturaleza siniestra de aquella imagen. Era un tatuaje oscuro, agresivo, apocalíptico, y simbolizaba una visión demasiado pesimista del futuro. A Rowling le hubiera gustado tatuarse algo más amable, algo hermoso que le permitiera olvidarse durante un rato de que el mundo era un lugar cruel, pero no había tenido elección.

«¿Acaso has tenido elección alguna vez?», se preguntó, aunque sabía muy bien que la respuesta era que no. Jamás había tomado sus propias decisiones y la inercia la había llevado de un lugar a otro, obligándola a aceptar su destino, a pelear por la propia supervivencia.

—¿Te gusta el tatuaje? —le preguntó el Profeta Howard cortando sus pensamientos.

Rowling se concentró en el compás de su respiración y se las arregló para que su voz sonara firme y segura.

—Es una obra de arte —contestó.

—Ya, pero no te gusta —replicó el Profeta mientras seguía punzando incansablemente su piel—. A nadie le gusta saber que el mundo camina hacia su destrucción. Es una verdad incómoda que todos querríamos ignorar, pero tenemos que aceptar nuestro destino. Una pesada responsabilidad recae sobre nuestras espaldas, Rowling.

No se sentía nada cómoda cuando estaba junto a aquel hombre. Era como si aquellos ojos blancos pudieran atravesar su cerebro y leerle los pensamientos, algo que la llenaba de inseguridad. Estaba acostumbrada a ocultar sus sentimientos, y sabía que se le daba bien hacerlo, pero ante aquel hombre ciego se sentía vulnerable, tan transparente como el cristal.

—Este tatuaje te ayudará a recordar quién eres, Rowling —dijo la voz del Profeta—. Tienes la fuerza del viento, pero aún no sabes hacia dónde soplar. Debes vencer la confusión que reina sobre ti y tomar una decisión firme. Solo entonces tendrás mi confianza...

—¿Es que aún no la tengo? —protestó Rowling ofendida—. Me colé en la Secret Academy, os pasé información confidencial y cuando me pillaron se pasaron varios meses interrogándome y torturándome. ¡Me cortaron un dedo, maldita sea! ¿Es que no hubo bastante con eso?

Se sentía orgullosa de su intervención en la última reunión. Su voz había sonado firme, sin el menor asomo de duda, y había sido lo bastante valiente para atreverse a mostrar su mano mutilada. Por el modo en que todos la habían mirado, se había dado cuenta de que su discurso había causado un gran impacto, pero, al parecer, el Profeta Howard no acababa de estar convencido.

—Yo solo digo lo que percibo, y percibo dudas y resquemores en ti —le aseguró—. Eres Rowling Nueve Dedos pero pronto volverás a ser Rowling a secas. Tienes un ángel de la guarda dentro de tu cuerpo, cuidándote, protegiéndote...

Rowling notó el tacto de unos guantes de látex recorrer su brazo hasta detenerse en su mano izquierda. El Profeta Howard agarró su mano mutilada y la presionó con afecto.

—La meteora te está curando, Rowling —le susurró al oído—. Sabes que eres especial, sabes que te convertí en alguien especial cuando decidí inyectarte meteora... Y ahora no puedes rehuir tu destino... Te necesito a mi lado.

—Soy una Escorpión: ahora y siempre —aseguró Rowling.

Aquello era exactamente lo que el Profeta Howard quería escuchar, y por eso lo había soltado, pero no estaba nada segura de haberlo convencido. Aquel hombre tenía un aura tan mística, un poder en la voz tan extraordinario, que casi le parecía normal que pudiese hacer un tatuaje tan perfecto pese a ser ciego.

Escocía un poco, pero aquel dolor casi se le antojaba agradable. Con un pañuelo húmedo y jabón neutro, su padre estaba limpiándole el tatuaje con sumo cuidado.

—¿Te duele? —preguntó con ojos preocupados.

—Casi nada —contestó Rowling.

Su padre sopló ligeramente sobre la herida para aliviarle el dolor y Rowling se sintió dichosa. Le encantaba que su padre la tratara con tanta ternura, pero aún no tenía claro qué pensar de aquel hombre. ¿Por qué no la sacaba de allí y se la llevaba a algún lugar donde pudieran vivir felices para siempre?

Se encontraban en la planta baja, junto al calor de la chimenea. Murat, sin camiseta, estaba apartando unas brasas para preparar un asado mientras Virginia cubría unas patatas con papel de aluminio.

Martin cruzó la sala y sus ojos azules se posaron en ella con actitud despectiva. Antes de salir por la puerta, se colocó dos dedos en el interior de su boca e hizo el gesto de vomitar mientras la miraba fijamente.

—No le prestes atención —le recomendó su padre.

—No lo hago —contestó Rowling.

Estaba convencida de que la actitud de su compañero era de lo más absurda. En lugar de fingir estar adaptándose a aquella situación, insistía en demostrar obstinadamente su fidelidad a la Secret Academy, y ofendía una y otra vez a sus anfitriones.

—¿Te apetece salir a caminar?

Rowling asintió pese a que aquel lugar de la casa era caliente y confortable, y le apetecía descansar tras la sesión ininterrumpida de seis horas de tatuaje.

Su padre la cogió del brazo y pasearon por la orilla del lago. Se acercaba la hora de cenar, pero el sol seguía luciendo incansablemente, con sus poderosos rayos amortiguados por el nuboso cielo. La chica pelirroja contempló a su padre y se dio cuenta de que aquel no era un paseo como cualquier otro. Bajo su pelo níveo, el hombre fruncía el entrecejo con preocupación, tratando de encontrar las palabras adecuadas.

—Espero que hayas entendido lo que significa ser un Escorpión —empezó.

—¿A qué te refieres?

—Nuestro cometido es demasiado importante para la humanidad —trató de explicarse—. No podemos ser egoístas y pensar en nosotros mismos. A los dos nos habría gustado pasar más tiempo juntos, pero el mundo nos necesita...

Rowling se quedó parada, confusa. Lo miró a los ojos y pudo ver que a su padre le costaba trabajo aguantarle la mirada. Sin decir nada, esperó a que se explicara.

—Voy a tener que marcharme esta noche, después de cenar... —dijo finalmente—. Voy a serte sincero. No sé cuándo vamos a vernos de nuevo...

Le entraron ganas de llorar, de gritar de rabia. A duras penas fue capaz de contener el impulso de abofetearlo.

—¿No dijiste que no volveríamos a separarnos nunca más?

—Solo será por un tiempo —trató de disculparse, pero ella se sentía ofendida, ultrajada.

—¡Mentiroso! —escupió furiosa. Haber confiado en él casi la hacía sentir ridícula—. ¡No vuelvas a hablarme en tu vida!

Le dio la espalda y se alejó corriendo, sintiéndose una estúpida por haberse hecho tantas ilusiones. Solo habían pasado unos días y ya había podido ver el verdadero rostro de su padre. El hombre que la había abandonado al nacer, tras un par de días de carantoñas y palabras dulces, volvía a deshacerse de ella.

Rowling necesitó casi una hora para tranquilizarse, pero poco a poco su cerebro empezó a pensar con frialdad. En aquel momento solo había una persona que le importara de verdad. Lucas había sido el único que la había tratado bien durante toda su vida, y estaba dispuesta a hacer lo que fuera para ayudarlo.

Sentada en los escalones de madera de la casa del lago, vio de reojo como su padre se acercaba a ella con aire abatido. Sentía rabia, pero fingió tristeza. Cuando se giró hacia él, sus ojos verdes ya estaban bañados en lágrimas.

—Aún no puedo creerme que te vayas tan pronto... —le dijo.

—Lo siento, la organización me necesita...

Su padre se sentó a su lado y le rodeó la espalda con el brazo. Rowling sintió el impulso de apartarlo, pero se contuvo. Su cerebro ya había concebido un plan, una estrategia para aprovecharse de aquella situación, pero antes necesitaba ablandar el corazón de su padre.

—Es injusto que vuelvas a abandonarme otra vez —sollozó Rowling entre falsas lágrimas.

—Lo siento, pero es mi deber...

«Tu deber es cuidar de tu hija», pensó Rowling.

Por dentro hervía de indignación, pero no permitió que su padre detectara sus verdaderos sentimientos. La irlandesa tenía muy claro que no volvería a confiar nunca más en ese hombre. La única verdad era que su padre había autorizado a un loco con delirios de grandeza a que le inyectara un mineral desconocido en el cuerpo y además había permitido que creciera en orfanatos miserables, donde había sufrido maltratos y vejaciones durante toda su infancia.

Con los ojos húmedos de lágrimas, Rowling le cogió de las manos.

—Prométeme que me llamarás —le suplicó—. Prométeme que por lo menos podremos hablar por teléfono...

—Sabes que está prohibido —replicó Marcel, pero por el modo en que la miraba sabía que su padre acababa de picar el anzuelo.

En el exterior aún brillaba el sol, pero en el resto de Europa ya hacía varias horas que había caído la noche. Para dormir más cómodamente, Rowling se había puesto un antifaz para evitar que los rayos del sol no la alumbraran y estaba totalmente a oscuras. Acurrucada sobre su lado izquierdo, se abrazaba al oso de peluche que le había regalado su padre con los oídos atentos a lo que ocurría a su alrededor. Podía sentir el crepitar del fuego en la chimenea y la acompasada respiración de varios de sus compañeros.

Su padre se marchó después de cenar y Rowling se había asegurado de que todo el mundo la hubiera visto llorar.

—¡Ánimo, Rowling! —le había deseado Aldous apiadándose de ella.

Virginia, que se había emocionado con la despedida entre padre e hija, le había sujetado la mano y la había abrazado mientras el todoterreno conducido por Marcel Rowling arrancaba y se perdía por el angosto camino que se internaba en el bosque. Por el contrario, Martin había mostrado su felicidad con una sonrisa burlona impresa en el rostro y con algún que otro comentario irónico.

—No sabes cuánto lo siento —le dijo—. Con lo bien que me caía tu padre...

Rowling ignoró la burla y fingió estar triste y decaída. Apenas probó bocado y fue parca en palabras, comunicándose con todos los que la rodeaban mediante monosílabos.

Debía de llevar un par de horas inmóvil cuando se quitó el antifaz cautelosamente. El fuego, aún encendido, humeaba en la chimenea de la planta baja y la luz del sol entraba limpiamente por los ventanales con vistas al lago. Durmiendo en colchones repartidos por la sala, se encontraban todos sus compañeros: Martin, Aldous, Murat y Virginia. Martin era el único que no dormía con antifaz y Rowling se aseguró de que estuviera dormido tras contemplarlo durante un par de minutos.

Una vez se sintió preparada, acarició el oso de peluche que le había regalado su padre y lo apretujó contra su cuerpo. Con su habitual sigilo, apartó las sábanas y se levantó del suelo. Caminando descalza, se deslizó hacia la puerta de entrada y la abrió. Un chirrido la mantuvo en vilo un instante, pero el único que pareció detectar algo fue Murat, que se agitó un poco en sueños justo antes de ponerse a dormir de nuevo.

A continuación Rowling salió al exterior. Sin el calor del fuego y el de las mantas, sintió que el frío le ponía la piel de gallina, pero siguió moviéndose con determinación. Un par de huskies detectaron su presencia y ladraron tímidamente en su dirección, pero también los ignoró. La irlandesa maldijo aquel sol que seguía brillando en el firmamento y se apresuró a internarse entre la espesura, caminado descalza bajo el húmedo suelo repleto de hierba, pinaza y ramas muertas.

Caminó durante unos minutos hasta que consideró que allí no podría oírla nadie. Se acurrucó en el suelo y sus ágiles dedos bajaron la cremallera que el oso de peluche tenía en la espalda. Introdujo la mano en el interior y sacó el valioso objeto que había escondido dentro: un teléfono móvil. Había sido su propio padre el que, tras la insistente presión de Rowling, había aceptado romper las normas y proporcionarle un objeto que el Profeta Howard había prohibido terminantemente.

—Nadie lo sabrá —le había prometido Rowling hacía apenas unas horas—. Y por lo menos así podremos hablar de vez en cuando...

Sin embargo, ella no quería el teléfono para hablar con su padre. Pulsó unos números y se colocó el auricular en el oído. A continuación tecleó el código secreto para ponerse en contacto con su interlocutor y esperó unos instantes.

Una voz cuyo mero recuerdo le ponía los pelos de punta sonó al otro lado de la línea.

—¿Todo bien? —preguntó Sergei Asimov.

—Muy bien, aunque no dispongo de mucho tiempo —replicó Rowling.

Tiritando de frío, Rowling enumeró los principales acontecimientos desde que había llegado a la casa del lago, haciendo especial hincapié en la personalidad del Profeta Howard.

Asimov se mantuvo en silencio hasta que Rowling hubo terminado.

—¿Qué hay de Aldous y Martin? —preguntó.

—Aldous actúa como si fuera un Escorpión; Martin se resiste abiertamente, sigue fiel a la Secret Academy.

—No le digas que estás en contacto conmigo —le ordenó—. Nadie debe saberlo salvo tú y yo. Y ahora vuelve con ellos antes de que sospechen...

Se suponía que debía colgar el teléfono, pero Rowling no lo hizo.

—Tenemos un trato —le recordó—. Quiero hablar con Lucas para comprobar que está bien.

—Ahora no está conmigo —contestó Asimov—. Ya hablarás con él en otra ocasión.

Y entonces se cortó la comunicación.

CAPÍTULO 10

«¡Los niños de rojo quieren conocerte!»

La figura arrastraba penosamente los pies por la arena de la playa, sujetándose con ambos brazos a una larga rama que le servía de bastón. La abundante lluvia había empapado el pelo negro y los carcomidos harapos con los que iba vestido, pero su mayor problema era el viento, un viento huracanado que agitaba con violencia los cocoteros y que amenazaba con tirarlo al suelo de un momento a otro.

«Un poquito más», se dijo Lucas casi sin fuerzas.

Aún no comprendía qué había ocurrido en la isla Fénix. ¿Dónde estaba el cálido sol que siempre resplandecía en lo más alto del cielo?

No sabía cuánto tiempo había pasado en las entrañas del volcán, pero tras inspeccionar minuciosamente el lugar había dado con una empinada pendiente que desembocaba en el exterior, donde le aguardaba aquella feroz tormenta. No le había quedado más remedio que exponerse a la intensa lluvia y caminar durante horas para refugiarse en ese rincón de la isla.

Protegiéndose el rostro del viento y el agua, Lucas miró hacia la casa solitaria que se levantaba en la playa. Las olas eran tan grandes que estallaban a menos de treinta metros de la construcción, y Lucas imaginó que en cuanto subiera la marea la espuma llegaría al borde de las escaleras de la entrada.

Una ráfaga de viento estuvo a punto de tirarlo al suelo, pero clavó la rama en la arena y se aferró a ella con ambas manos para no perder el equilibrio. Había estado a punto de fallecer por inanición, pero la lluvia lo había salvado. Al salir al exterior, solo había tenido que abrir la boca y dejar que poco a poco el agua saciara su sed. Un coco, que había recolectado tras escalar una palmera, había hecho el resto, proporcionándole la energía necesaria para llegar hasta allí.

Tiritando de frío, Lucas arrastró los pies por la arena de la playa y subió los peldaños de la escalera de madera apoyándose en el bastón. Una vez delante de la puerta, pulsó el timbre e, impacientemente, golpeó la puerta con el picaporte. Estaba tan agotado que decidió sentarse en el suelo mientras esperaba a que le abrieran.

Pocos minutos después, oyó el ruido de un cerrojo y a continuación el chirrido de la puerta, que se abrió un palmo. A través de la rendija, Lucas vio los ojos enloquecidos de Neal Stephenson.

—La doctora me ha pedido que viniera a verte —dijo Lucas.

—¡¿Mi gatita?! —exclamó con los ojos desorbitados—. ¿Cómo está mi gatita? ¿Cuándo volverá a casa?

Había abierto la puerta de par en par, y Lucas pudo ver lo desmejorado que estaba. Su pelo rubio de color paja parecía un estropajo viejo, y una barba roñosa y enmarañada le ensuciaba el rostro. La forma en que iba vestido casi rozaba la caricatura. Llevaba una camiseta de tirantes blanca llena de manchas inidentificables, pantalón corto y un único calcetín negro, tan roído que el dedo gordo sobresalía por uno de los agujeros.

El informático le ayudó a levantarse del suelo ofreciéndole la mano y se apresuró a cerrar la puerta detrás de él. El hombre apestaba. Resultaba evidente que necesitaba un largo baño, recortarse las uñas de pies y manos, un buen afeitado y varios litros de suavizante para el pelo.

—¡Dímelo! ¿Dónde está mi gatita? —insistió con sus ojos idos mientras le presionaba ambos brazos.

—La tienen encerrada —contestó Lucas—. Yo he conseguido escapar, pero necesito esconderme. ¿Me ayudarás?

—Claro que sí, claro que sí... —Neal volvió a abrir la puerta y salió al exterior mientras le indicaba con la mano que le siguiera—. ¡Vamos! ¡No hay tiempo que perder! ¡Tenemos que salvarla!

Su aspecto resultaba aún más patético bajo la intensa lluvia, y Lucas sintió lástima por él.

—Aún no, Neal —le pidió—. Antes necesitamos un plan.

El informático se acarició el labio inferior con el dedo índice, pensativo. Costaba creer que tras aquel aspecto desaliñado se escondiera un tipo con un coeficiente intelectual propio de un genio. Por suerte, Neal pareció pensárselo mejor y accedió a volver sobre sus pasos para entrar otra vez en casa.

Lucas necesitaba alimentarse y descansar, pero se conformó con cubrir su cuerpo con una manta para coger algo de calor. Lo cierto era que el estado en que se encontraba su anfitrión no era mucho mejor que el suyo.

—Mira a tu alrededor —le sermoneó Lucas—. Tienes mal aspecto y vives en una pocilga. Si quieres ayudar a tu esposa, antes tienes que ayudarte a ti mismo.

Neal asintió mientras echaba un vistazo al amplio comedor que se encontraba en la planta baja. El informático llevaba varios meses sin tomarse la medicación, alimentándose únicamente de cereales con leche, galletas y chocolate. Había restos de comida medio podridos por todas partes, cubiertos tirados por el suelo, vasos de cristal rotos que nadie se había molestado en recoger y ropa sucia amontonada en los lugares más insólitos.

Lucas miraba a Neal con severidad, como un padre regañando a un hijo, pero por dentro hervía de indignación porque sabía que aquello no era culpa del informático. ¿Cómo habían permitido que un pobre enfermo como Neal viviera en aquel estado de decrepitud? Lucas sintió renacer con más fuerza el odio que sentía hacia Asimov y se prometió que no descansaría hasta hacer justicia.

—Tenemos que ser muy prudentes —le pidió Lucas—. Nadie debe saber que me escondo aquí contigo y aún menos que planeamos liberar a la doctora. ¿Sabrás mantener la boca cerrada?

El informático asintió y simuló sellar sus labios con un gesto con la mano derecha que pretendía imitar el de una cremallera.

—Bien —Lucas le golpeó la espalda amistosamente—. Y ahora comeremos algo.

Los conocimientos culinarios de Lucas eran casi nulos, pero se las arregló para cocer unos macarrones y aderezarlos con salsa de tomate. Estaban muy lejos de acercarse a la delicia que cocinaba su madre, pero, teniendo en cuenta que lo único que había comido durante los dos últimos días era medio coco, le supieron a gloria.

Había mucho que hacer, pero después de comer, Lucas se echó en el sofá para descansar un rato. Sin proponérselo, se quedó profundamente dormido y no volvió a despertarse hasta que notó que alguien le agitaba los brazos y lo abofeteaba.

—¡Los niños de rojo! —balbuceó Neal—. ¡Están aquí!

Lucas abrió los ojos, confuso. A través de la ventana vio que el día era gris y triste, pero por lo menos ya no llovía y el viento no soplaba con tanta fuerza.

—Ellos se llevaron a mi gatita —insistió— . Y seguro que ahora vienen a por ti. ¡Tienes que esconderte!

Más que hablar, gritaba, con los ojos temblando en el interior de sus órbitas. Sin embargo, Lucas, aún adormilado, no tuvo ninguna sensación de peligro hasta que oyó los golpes contra la puerta.

—¡Abre ya! —gritó la inconfundible voz de Quentin—. ¿Con quién estás hablando?

—¡Chisss! —pidió Lucas, alarmado.

Se incorporó de un salto y sus ojos inspeccionaron la planta baja buscando un escondite.

—¡O abres tú, o abriré yo! —amenazó la impaciente voz.

Muy nervioso, al borde de la histeria, Neal empezó a secarse el sudor de las manos y a caminar arriba y abajo como si cambiara de opinión cada tres segundos.

Tal vez no fuera el mejor escondite del mundo, pero fue lo único que Lucas acertó a encontrar en aquel momento. Se tiró al suelo y se apresuró a esconderse debajo del sofá. Apenas había espacio y tuvo que encoger las piernas y colocarse boca abajo. Desde su posición solo podía ver a ras de suelo una vista privilegiada de los pies descalzos de Neal.

Un fuerte ruido de cristales resonó por toda la sala y Lucas, pese a no ver nada, dedujo que alguien acababa de romper la ventana que había en la planta baja.

—¡Te lo he advertido! —gritó la voz de Quentin, y sus pasos resonaron por el comedor—. ¿Con quién estabas hablando?

—¿Y a ti qué te importa? —replicó Neal.

Lucas podía ver las botas negras de Quentin y un pequeño trozo de su uniforme rojo. El líder de la Secret Academy fue hacia la puerta y la abrió para que pudieran entrar los dos compañeros que aguardaban fuera. Lucas no consiguió reconocerlos porque solo podía verles los pies, pero comprobó que ambos pertenecían al equipo del fuego por el color de su uniforme.

—Te he oído hablar con alguien... —insistió Quentin—. Dímelo o vas a lamentarlo...

—Charlaba con mi amigo...

«¡Pero ¿qué dice?!», renegó Lucas para sí mientras todos sus músculos se tensaban. No sabía cómo reaccionarían sus compañeros si lo encontraban allí, pero no tenía ganas de comprobarlo.

—¿Me presentas a tu amigo? —La voz de Quentin sonaba divertida.

—Déjalo ya. ¿No ves que está loco de remate?

Lucas reconoció la voz de Daishell.

—¡No estoy loco! —se quejó Neal—. Mi amigo es tan tímido que se ha escondido debajo del sofá.

Antes de que pudiera maldecirlo, Lucas vio como Neal se tiraba al suelo y empezaba a hacer gestos con la mano.

—¡Vamos, amiguito! ¡Sal! ¡Los niños de rojo quieren conocerte!

A Lucas se le paró el corazón hasta que escuchó las carcajadas de sus tres compañeros.

—Está más loco que un cencerro —se burló la voz de Moorcock.

El informático le guiñó el ojo y volvió a incorporarse del suelo. Aliviado, Lucas se dio cuenta de que Neal había sido lo bastante astuto como para aprovechar su propia demencia para engañarlos.

—Basta de hacer el payaso —intervino Quentin para acallar las carcajadas de sus compañeros—. Hay un fugitivo en la isla, un traidor. Es un chico de nuestra edad con el pelo negro y los ojos marrones. Alguien debe de haberlo ayudado a esconderse porque está tullido. ¿Lo has visto?

Lucas se quedó mudo por la sorpresa. Hablaban de él, no había duda. Lo más triste era que acababa de confirmar que sus propios compañeros lo consideraban un traidor.

—Hablo con él cada día —aseguró Neal Stephenson—. Viene cada tarde a casa y jugamos con videojuegos...

—Esto es ridículo —intervino Daishell de mala gana—. Este tío está chiflado. Larguémonos de aquí cuanto antes...

—Un momento —lo contradijo Quentin—. Primero hay que registrar la casa para asegurarse de que Lucas no está aquí. Moorcock, llévatelo arriba; yo y Daishell buscaremos por aquí.

Lucas se quedó inmóvil. Escuchó la voz de Moorcock indicarle a Neil que subiera arriba y pudo ver sus pies alejándose y, a continuación, el ruido de sus pisadas subiendo los peldaños de madera que conducían a la planta superior. A su alrededor empezaron a caer armarios y estanterías por el suelo, causando un fuerte estrépito.

—No hace falta que lo rompamos todo, ¿no crees? —Las palabras de Daishell sonaban a reproche.

—Que le den, su esposa es una traidora Escorpión —replicó la desagradable voz de Quentin.

Conteniendo la respiración, Lucas escuchó el estropicio, esperando que de un momento a otro alguien levantara el sofá y lo descubriera. Vio cómo los pies de Quentin se acercaban hacia su posición, pero se limitó a sentarse encima. Su peso hundió la butaca, que presionó la espalda de Lucas. Apenas podía respirar, pero se quedó inmóvil.

—¿Cómo sabemos que alguien ha ayudado a escapar a Lucas? —preguntó Daishell.

—¿Cómo pudo escapar si no? —contestó Quentin—. La celda era de piedra y la única puerta de metal estaba cerrada con llave. Imposible escapar sin ayuda...

—Úrsula solía llevarse muy bien con él... ¿Crees que ha sido ella?

—Para nada —replicó Quentin—. Cuando ella regresó a la isla, Lucas ya había desaparecido...

Oír el nombre de su amiga aceleró su ritmo cardíaco. Tal vez los alumnos del equipo del fuego apoyaran a Asimov, pero estaba seguro de que Úrsula se pondría de su lado.

—¡Qué incómodo es este sofá... —se quejó Quentin y entonces levantó la voz para que su compañero pudiera oírle—. ¡Vamos, Moorcock! ¡Hora de marcharse!

CAPÍTULO 11

«El pájaro se ha escapado de la jaula y ni tan siquiera sabemos si está vivo o muerto.»

Tras tantos meses fuera, de misión, a Úrsula le costaba mucho prestar atención a las clases teóricas. Había perdido totalmente el hilo de las lecciones que se estaban dando en aquel momento y su cabeza no paraba de darle vueltas a los últimos sucesos acontecidos en la isla.

Aún no podía creer que el aula estuviera tan vacía. Lucas, Martin, Aldous y Rowling ya no se encontraban en la isla, mientras que tres alumnos del equipo del agua ya no asistían nunca a clase. Al parecer, Akira, Tolkien y Herbert habían sido escogidos para participar en estudios e investigaciones secretas y no solían aparecer por la Secret Academy hasta bien entrada la tarde. Aquello era normal, pero lo que parecía fuera de lugar era la injustificada ausencia de los cuatro alumnos del equipo del fuego que todavía quedaban en la isla. Al parecer, Quentin, Christie, Daishell y Moorcock habían cogido dos jeeps y se pasaban todo el día dando vueltas por la isla.

—¿Qué buscan? —había preguntado Úrsula, extrañada.

—Bienvenida al club de los ignorantes —le había dicho Salgari encogiéndose de hombros—. Aquí los únicos que se enteran de algo son los que llevan el uniforme de color rojo. ¿Ves cómo los otros no pintamos nada?

Los ánimos de sus compañeros estaban por los suelos, sobre todo después de recibir la inesperada noticia de que tendrían que quedarse todo el verano en la isla. Si por lo menos el tiempo acompañara, podrían ir a la playa, pero hacía mucho viento y la lluvia no daba tregua ni de día ni de noche.

—Vamos a dejarlo aquí —dijo la profesora Verne.

Casi faltaban veinte minutos para terminar, pero la hermosa profesora de ciencias medioambientales dio por terminada la sesión, probablemente porque veía que sus alumnos no estaban lo bastante concentrados.

Úrsula decidió pasar por su habitación antes de bajar al comedor. Dejó sus cosas encima de la mesa y encendió el ordenador. Aún no lo había usado desde su retorno y quería comprobar personalmente que la conexión a internet no funcionaba. El ordenador todavía no había arrancado cuando, de repente, un muñeco con la cara de Neil Stephenson apareció en pantalla.

—¡Ven a verme, Úrsula! —exclamaba levantando el dedo pulgar—. ¡Ven a verme, Úrsula! ¡Ven a verme, Úrsula!

La animación era tan simple como repetitiva y no paraba de acompañar con el mismo gesto el insistente mensaje.

—¡Ven a verme, Úrsula! ¡Ven a verme, Úrsula! ¡Ven a verme, Úrsula!

Trató de detener la animación pulsando teclas, pero todos los intentos se saldaron con un absoluto fracaso. Estaba claro que en su ausencia alguien había introducido aquel virus en el ordenador. Se preguntaba cuál era el motivo mientras silenciaba al pesado de Neil Stephenson apagando el ordenador bruscamente.

Parecía evidente que el informático deseaba hablar con ella, pero Úrsula no tenía muy claro lo que debía hacer. Neal Stephenson no solo era el loco que había diseñado la academia virtual, sino también el marido de la doctora Shelley, acusada de pertenecer a los Escorpiones.

No estaba segura de si el encuentro podía acarrear algún peligro, pero Úrsula decidió mantenerlo en secreto. Después de comer se las arregló para abandonar discretamente la Secret Academy con un impermeable de color negro que le permitiría protegerse de aquella inacabable tormenta.

No era la primera vez que iba a la casa de Neal Stephenson, de modo que no tuvo duda alguna sobre qué dirección tomar. Avanzó por el camino de tierra que reseguía el este de la isla a paso rápido. El ejercicio físico la ayudaba a combatir el frío mientras sus botas se hundían una y otra vez en el espeso barro que cubría la totalidad del trayecto.

Tal vez fuera porque la capucha le cubría los oídos, o tal vez porque el rumor del oleaje del océano y la incesante lluvia ahogaron el ruido, pero no oyó el motor del jeep hasta que prácticamente lo tuvo delante.

Úrsula se echó a un lado justo a tiempo para que el vehículo no la arrollara en la curva, pero no pudo evitar que sus ocupantes la vieran.

El todoterreno se detuvo, y la puerta del acompañante se abrió de par en par para que Quentin, ataviado con el uniforme rojo del fuego, saliera y empezara a caminar hacia ella. Sus ojos se achicaron por la lluvia que le golpeaba el rostro y empapaba la rasta grasienta que le colgaba hasta media espalda. Pese a que su aspecto no era nada formal, su pose altanera y llena de suspicacia le recordaba más a un policía que a un compañero.

—¿Adónde vas, Mala Leche? —le preguntó hoscamente.

—A buscar caracoles —contestó Úrsula.

Su tono autoritario no le había gustado nada, y no sentía ningún respeto por aquel chico que trataba de ostentar el cargo de líder con la misma prepotencia que su antecesor. Quentin podía ser igual de antipático que Martin, pero siempre sería más estúpido y mediocre que él.

—Sube al coche, venga —le dijo—. Ven con nosotros...

De reojo, vio a Christie observándola desde el asiento del conductor. Pese al vaho que cubría el cristal, Úrsula identificó en el acto aquella nariz ancha y basta, aplastada contra una cara que jamás conseguiría ganar un concurso de belleza.

—No, gracias —replicó Úrsula—. Me apetece andar.

Se disponía a seguir su camino cuando Quentin volvió a interrumpirla.

—¡Eh! —gritó mientras señalaba la estrella cosida en el margen izquierdo de su uniforme—. Es una orden, así que deja de hacerte la interesante...

Su primera idea fue localizar una piedra y lanzarla contra los cristales del jeep para demostrarle a ese cretino lo interesante que podía llegar a ser, pero por suerte no encontró nada lo bastante contundente.

En lugar de eso, respiró hondo y dejó que el agua de la lluvia corriera por su cara durante unos instantes. Más tranquila, intentó convencerse de que le convenía mantener un trato diplomático con el actual líder de la Secret Academy, y decidió obedecerlo. Aguantándole la mirada, Úrsula fue hacia el jeep y se acomodó en la parte trasera.

—¿En serio que no puedo ni andar libremente por la isla?

—Asimov quiere verte. —Quentin cerró la puerta del jeep y le indicó a Christie que arrancara.

El coche avanzó a trompicones por el camino, resbaladizo por el fango, mientras los frenéticos limpiaparabrisas apenas daban abasto. No resultaba nada fácil conducir por aquellos parajes, pero Úrsula tuvo la impresión de que Christie intentaba meterse dentro de todos los hoyos que encontraba. Por suerte, las ruedas del jeep y la tracción del vehículo evitaron que se quedaran atrapados en los numerosos charcos que encontraban a su paso.

¿Qué querría de ella Asimov?

Úrsula imaginaba que seguiría pidiéndole detalles sobre la Joya de Alejandro Magno, pero no entendía dónde quería celebrar la reunión. Lo más extraño era que el jeep no se dirigía hacia la Secret Academy, sino que se adentraba en el interior de la isla. Durante el trayecto ninguno de los tres abrió la boca.

—Ya llegamos —anunció Quentin al cabo de unos minutos.

Aquello empezaba a oler mal. Úrsula sintió que su instinto la ponía en alerta, sobre todo por las extrañas circunstancias que envolvían la situación. Primero la habían interceptado mientras paseaba por la isla y después se la llevaban al aeropuerto sin ningún testigo.

Incómoda, vio cómo el jeep penetraba en las instalaciones del aeródromo y se detenía junto a la estrecha torre de control. Un par de jeeps del mismo modelo estaban aparcados al lado de la puerta de emergencia que había en la parte trasera. Alguien la abrió desde dentro para echar un vistazo rápido y la mantuvo abierta colocando un ladrillo para que no se cerrara. Úrsula solo tuvo tiempo de ver que llevaba el uniforme rojo del fuego.

—Sal del coche —ordenó Quentin.

Úrsula no podía quitarse de la cabeza la idea de que la habían detenido, y la voz le salió algo tensa cuando trató de bromear al respecto.

—Solo os falta ponerme unas esposas y leerme mis derechos... No estaréis pensando en extraditarme a Turquía, ¿verdad?

Ni siquiera obtuvo una sonrisa como respuesta. Sin molestarse en mirarla, Quentin y Christie se dirigieron a la puerta de entrada rápidamente y le indicaron con impaciencia que entrase.

Se encontraban en un pequeño pasadizo de baldosas grises y paredes blancas que necesitaba una buena capa de pintura.

—Espera aquí —le pidió Quentin tras cerrar la puerta de emergencia.

Acompañado por Christie, se dirigió inmediatamente hacia la primera puerta que había en el pasadizo, a mano derecha. Estaba entreabierta un palmo y Úrsula consiguió ver durante un fugaz instante la figura de Asimov moviéndose en el interior.

Tanto secretismo la estaba poniendo muy nerviosa. Se suponía que Asimov y los otros eran amigos, pero en aquellos momentos sentía miedo.

Sabía que debía tomar una decisión rápida. O permanecía allí esperando o salía por la puerta de emergencia y regresaba a la Secret Academy sin perder ni un minuto. El rumor de voces que le llegó del interior de la sala hizo que optara por una tercera opción. Se acercó furtivamente a la puerta y agudizó el oído.

—Soy el líder y tengo derecho a escoger el equipo de acción —se quejaba amargamente Quentin—. ¡Y no quiero a esa engreída!

—Esa engreída saltó del tejado de un edificio para cumplir con éxito una misión —replicó la voz de Asimov, totalmente desprovista de sentimientos—. Tiene más experiencia que cualquiera de vosotros. ¿Realmente creéis estar en condiciones de prescindir de su talento?

—No será para tanto —intervino Christie—. Si fuera tan buena habría vuelto a casa con Aldous y Martin...

—El color de su uniforme es marrón, no rojo —añadió Quentin—. No podemos fiarnos cien por cien de ella... ¿Y si descubre algo que no debiera?

La pregunta se quedó flotando en el aire y creó un silencio algo tenso. Finalmente, la voz amable de Asimov volvió a resonar en la sala con un dejo esa vez inequívocamente autoritario.

—¿Preferís entonces que se quede indagando aquí en la isla? —inquirió Asimov—. Os recuerdo que el pájaro se ha escapado de la jaula y ni tan siquiera sabemos si está vivo o muerto.

Por el silencio que siguió a aquellas palabras, Úrsula tuvo la sensación de que el jefe de estudios había convencido a todos sus interlocutores.

—Mejor que se vaya lejos mientras acabamos de solucionar el problema... Y ahora hacedla entrar de una vez —ordenó.

Estaba tan ensimismada tratando de averiguar de qué pájaro estaban hablando que cuando Quentin sacó la cabeza al pasadizo la encontró inspeccionando el color de sus uñas demasiado cerca de la puerta. No se le daba bien disimular, pero trató de parecer aburrida.

—¿De qué va todo esto?

Quentin le indicó que entrase con un gesto de la mano y finalmente pudo ver la sala donde se celebraba la reunión. Era una especie de trastero repleto de bártulos de limpieza, cajas medio abiertas apiladas por todas partes y armarios metálicos comidos por el óxido. No había ninguna ventana, y la única luz provenía de un fluorescente que colgaba del techo y emitía un constante zumbido.

—Aquí nadie puede escucharnos —le dijo Asimov, como si Úrsula le hubiera pedido una explicación.

Alrededor de la mesa redonda se encontraban los cuatro miembros del equipo del fuego y Sergei Asimov. El jefe de estudios apartó amablemente una silla para que Úrsula pudiera sentarse e introdujo la mano izquierda en su uniforme para mostrarles un sobre lacrado.

—Ya sé que acabas de regresar, Úrsula, pero la Secret Academy te necesita para otra misión...

Úrsula reconoció el sobre en el acto. Era el mismo que el capitán Coelho había recogido en Graciosa antes de llevarla a la isla Fénix.

Asimov mostró el sobre a todos los presentes.

—Aquí dentro se encuentra la combinación que abre una caja fuerte —explicó—. Será una operación rápida. Tendréis que forzar la puerta del apartamento, localizar la caja fuerte y abrirla.

—¿Qué hay dentro?

Úrsula no podía negar cierta curiosidad.

—Objetos de mucho valor —replicó—. Cogeréis todo lo que podáis para parecer que es obra de vulgares ladrones, pero lo que tenéis que encontrar es un documento escrito a mano, una especie de augurio escrito por el hombre más peligroso del mundo: el Profeta Howard.

CAPÍTULO 12

«Estás increíblemente bien.»

Cuando el timbre resonó por toda la casa, Lucas intuyó que sería ella, pero fue lo bastante precavido para quedarse en el piso superior y dejar que Neal se ocupara de recibir al visitante. Se deslizó hasta el elegante despacho de la doctora Shelley, repleto de estanterías llenas de volúmenes de genética y medicina, y miró a través de la ventana. Afuera ya era negra noche, pero había dejado de llover y el océano parecía algo más calmado. No fue capaz de ver ningún vehículo aparcado en el exterior y no había escuchado el ruido de ningún motor acercarse, de modo que dedujo que el recién llegado había acudido a pie.

Con el corazón en un puño, Lucas salió al pasillo y se quedó quieto ante las escaleras, escuchando atentamente.

—¿Querías hablar conmigo?

La voz le llegó desde la planta baja y ensanchó una sonrisa en su rostro. Apenas pudo contener la tentación de bajar las escaleras corriendo.

—¿Sola? ¿Tú estás sola? —inquirió la voz de Neal Stephenson.

—He venido sola, sí —contestó ella.

Abandonando cualquier tipo de precaución, descendió por las escaleras, ansioso por verla de nuevo. La encontró junto a la puerta de entrada, de pie en la semioscuridad del comedor. Sus ojos castaños, abiertos de par en par, estaban aún demasiado sorprendidos como para reír o llorar.

—Puedes andar... —susurró Úrsula.

Lucas asintió con la cabeza y esbozó una inmensa sonrisa. Mientras se acercaba aún más a ella, vio cómo la chica italiana pasaba de la sorpresa a la emoción en unas décimas de segundo. Con un movimiento reflejo se llevó ambas manos a la boca mientras sus ojos se humedecían por momentos.

—No quiero llorar —dijo. A pesar de la evidente emoción, Úrsula se las arregló para que la voz no se le rompiera del todo.

Lucas abrió los brazos y la atrajo hacia sí, fundiéndose en un fuerte abrazo. De repente él sí que estaba emocionado. Escuchar la voz de su amiga acababa de despertar un recuerdo que su mente había borrado por completo. Úrsula había estado allí junto a él, hablándole incansablemente mientras él estaba en coma, debatiéndose entre la vida y la muerte. No recordaba qué le había dicho, pero sí la musicalidad de su voz, la sensación de tener a alguien al lado dándole apoyo y protección.

El beso surgió de forma espontánea, sin pensarlo. Lucas simplemente le cogió el rostro con ambas manos y besó sus labios. El breve roce, amable y cálido, no se prolongó durante más de unos segundos, tal vez porque le incomodó notar la mirada de Neal Stephenson.

Cuando sus labios se separaron, los ojos de Úrsula se abrieron súbitamente y miraron hacia otro lado. Su tez había enrojecido y estaba visiblemente avergonzada.

Aturdido, Lucas trató de ordenar sus ideas. Aún no entendía por qué acababa de besar a su mejor amiga, pero en aquel momento había mil cosas más urgentes que debían solucionar.

—¿Te importaría dejarnos solos, Neal? —le dijo—. Tenemos mucho de qué hablar...

El informático, que seguía mirándolos fijamente, fingió alejarse escaleras arriba, pero se quedó parado a media escalera, observándolos a través de los barrotes de la barandilla.

—¡Neal! —El grito de Lucas bastó para que el informático captara el mensaje y, esa vez sí, desapareciera definitivamente de su campo de visión.

Una vez solos, Lucas se atrevió a mirarla a los ojos otra vez.

—No quería que... —empezó diciendo Lucas.

—Ya, yo tampoco... —contestó ella.

No tenía ni idea de qué estaban hablando, pero, por suerte, Úrsula acertó a desviar la atención.

—Estás... estás increíblemente bien —le dijo.

—Es por la meteora —contestó Lucas—. Ahora ya sé por qué somos especiales. La meteora está dentro de nosotros y nos cura cuando estamos enfermos...

Tenían tanto que contarse que al cabo de unos segundos ya estaban inmersos en una larga conversación. Úrsula le habló de su misión en Turquía, de la Joya de Alejandro Magno y de los Escorpiones, mientras que Lucas le habló de Rowling, de Asimov y del equipo del fuego.

A medida que pasaban las horas, la oscuridad de la noche se hizo menos insondable y en el horizonte comenzaron a formarse trazos de un rojizo anaranjado que presagiaba la llegada del alba.

—Tengo que irme —dijo Úrsula—. Quentin vendrá a buscarme a mi habitación a primera hora de la mañana y será mejor que me encuentre dentro.

Lucas asintió con la cabeza. Habían acordado que Úrsula llevaría a cabo la misión con los miembros del equipo del fuego y que mantendrían en secreto aquel encuentro hasta su vuelta. Entonces llevarían a cabo el plan que tan cuidadosamente habían preparado durante esa noche.

Se levantaron de la mesa y se dirigieron hacia la salida. Lucas abrió la puerta y una corriente de aire fresco les golpeó el rostro. Tras un bostezo, Úrsula le dio la mano amistosamente.

—¿Te suena el nombre de Profeta Howard?

—De nada —repuso Lucas—. Pero me muero de ganas de conocer sus vaticinios.

Úrsula asintió y salió al exterior, zambulléndose en la decreciente oscuridad que reinaba en la isla. Lucas la contempló mientras se alejaba y sintió una nueva inquietud en el pecho. ¿Quién podía asegurarle que volvería a verla?

CAPÍTULO 13

«¿Quién debe de ser el ricachón que se sienta en este despacho?»

Las alturas no le daban miedo, pero desde lo alto de aquel rascacielos el suelo se veía tan lejos que incluso un gato habría sentido vértigo. Los taxis de Nueva York eran pequeñas manchitas amarillas, mientras que la boca del metro, repleta de hombres y mujeres entrando y saliendo, parecía un inmenso y bullicioso hormiguero.

La vista era tan espectacular que Úrsula no podía evitar mirar abajo de vez en cuando, fascinada. Iba vestida con un mono de trabajo negro, con un logo en la espalda que rezaba CLEAN & CLEAN. LIMPIEZA DE ALTURA. Aquella supuesta empresa estaba especializada en la limpieza de cristales de rascacielos y, supuestamente, había enviado a tres trabajadores para que se ocupasen del dúplex de la última planta del edificio.

Sujeta a un arnés, Úrsula se desplazó lateralmente hasta dar con la ventana que había estado buscando. Apenas estaba abierta un par de centímetros, pero le bastó con empujar para abrirla por completo.

—Estoy delante de la ventana —informó Úrsula hablando por el micrófono—. Está abierta, lo que nos dijo Asimov.

Se suponía que tenía que ser Quentin quien se ocupara de esa parte de la misión, pero en cuanto habían llegado al tejado del edificio y visto la colosal altura, el color de su cara había cobrado una tonalidad verduzca y había sacado toda la papilla. Úrsula se ofreció voluntaria para colocarse el arnés y no tuvo que insistir lo más mínimo para que el líder de la misión la autorizara a hacerlo.

—Bien, Úrsula —dijo la voz de Quentin—. Ya puedes entrar...

La italiana se agarró al saliente e introdujo primero una pierna y luego la otra. El viento soplaba con fuerza allí arriba, pero consiguió colarse dentro sin problema. Pese a que no había dormido ni un minuto la noche anterior, la adrenalina de la misión la mantenía despierta y en tensión.

Se encontraba en una gran biblioteca de aire muy aristocrático. Los techos altos estaban abovedados, el suelo era de madera pulida y había cuadros de proporciones colosales repartidos por la sala.

—Estoy dentro —informó Úrsula quitándose el arnés—. ¿Voy a la puerta principal?

—Afirmativo —contestó Quentin—. Date prisa. Tenemos poco tiempo.

Aquella seguridad la irritó, sobre todo después de haberlo visto tan sumamente asustado hacía apenas unos minutos. Consultó su reloj de pulsera y trató de recordar el plano de aquel dúplex que había estado estudiando durante el viaje en avión. El propietario debía de ser alguien exageradamente rico, porque el lugar no solo era inmenso, sino que contenía lujos carísimos, como un gimnasio, una piscina climatizada, una sauna finlandesa y una sala de cine. Y todo ello en el mismísimo centro de Nueva York, posiblemente la ciudad más cara del mundo.

Avanzó por pasillos repletos de cuadros y muebles de diseño pendiente de posibles sensores de movimiento, pero no detectó ninguno. Siguió todos los protocolos que había aprendido en los programas de la academia virtual hasta que consiguió llegar ante el sistema de alarmas. Introdujo el código que había memorizado y, ya más aliviada, se apresuró a desactivarlo.

Satisfecha, Úrsula se dirigió a la puerta de entrada. Espió por la rejilla y vio los rostros expectantes de Quentin y Moorcock esperando en el exterior. Sin más dilaciones, abrió la puerta para que pudieran entrar.

—¿Dónde está la caja fuerte? —preguntó Quentin mirando a su alrededor.

«¿Eso también tengo que hacerlo yo?», pensó Úrsula, pero estaba decidida a mantener un comportamiento radicalmente cortés y evitar cualquier conflicto con los miembros del equipo del fuego.

—Por aquí, por favor.

Había tomado la precaución de memorizar bien el plano del apartamento y guió a sus dos compañeros hacia las escaleras que conducían al piso superior del dúplex. Cruzaron un vestíbulo enmoquetado y recorrieron un largo pasillo hasta llegar al lugar.

Úrsula abrió la puerta y encendió la luz. Era un despacho sobrio y acogedor, con una chimenea adosada a un rincón y una pecera con varios peces payaso nadando en el interior.

—Es allí —les indicó a sus compañeros.

Sin esperar respuesta, Úrsula fue hacia el cuadro, un paisaje invernal neblinoso y difuminado, firmado por un tal Monet. Lo retiró con un movimiento seguro y descubrió la caja fuerte que estaba escondida detrás.

—Apártate —le ordenó Quentin—. Moorcock y yo nos ocuparemos de esto...

Con el valioso cuadro en las manos, Úrsula obedeció. Una vez hecho el trabajo sucio preferían quitársela de encima, pero no se molestó en enfadarse.

Miró a su alrededor y decidió tomarse un merecido descanso. Detrás de una amplia mesa de madera que debía usarse como escritorio, Úrsula vio una butaca que se le antojó de lo más acogedora. Sin pensárselo dos veces, se acomodó en ella mientras observaba a Moorcock y Quentin tratando de abrir la caja fuerte.

«¿Quién debe de ser el ricachón que se sienta en este despacho?», se preguntó colocando los pies encima de la enorme mesa.

Sobre esta había un teléfono, una estilográfica con relieves dorados y un portafolios lleno de hojas de papel. Le llamó la atención el marco de una fotografía boca abajo y decidió levantarlo para comprobar la identidad del propietario. Tras reconocer a las dos personas que aparecían en la fotografía, se quedó sin aliento durante unos instantes.

«No puede ser verdad —pensó—. No puede ser que le estemos robando precisamente a él...»

CAPÍTULO 14

«Incluso un orangután medio retrasado podría hacerlo mejor que tú...»

—¡¿Al doctor Kubrick?! —Úrsula pegó un bote del sillón, olvidándose por completo de que quería ser discreta—. ¡¿Estamos robando al doctor Kubrick?!

Con la mano derecha aún sujetaba la fotografía y se la mostró a sus dos compañeros para que pudieran verla. En ella aparecía el doctor Kubrick rodeando la espalda de Martin, que vestía un quimono de kárate azul y llevaba una medalla dorada colgándole del cuello.

Para Úrsula la sorpresa era mayúscula, pero sus dos compañeros no parecieron desconcertados siquiera.

—Eso no es asunto nuestro —replicó Quentin sin dejar de introducir números en la caja fuerte.

—¿Estamos robando en casa del doctor Kubrick y crees que no es asunto nuestro?

Úrsula no podía concebir aquella actitud tan pasota hasta que se dio cuenta de la evidencia. Tanto Quentin como Moorcock ya estaban al corriente de que irían a robar a casa del doctor Kubrick y por eso estaban tan poco sorprendidos. La traición era tan evidente como descarada. Les habían dejado una ventana abierta para que pudiesen colarse dentro, les habían dado el código secreto para abrir la caja fuerte y habían intentado ocultar la identidad del propietario de aquel dúplex colocando boca abajo sus fotos.

—¿Por qué robamos a nuestro director? —preguntó aún en estado de shock.

En aquel preciso instante se abrió la caja fuerte y, sin girarse para mirarla, Quentin y Moorcock empezaron a examinar el interior, ignorándola por completo.

—Hay que encontrar la visión del Profeta Howard, pero también nos llevaremos todo esto para disimular. —Quentin abrió la mochila que llevaba en la espalda y empezó a llenarla de objetos de valor, como monedas antiguas, lingotes de oro y diamantes.

Mientras, Moorcock empezó a rebuscar entre los montones de papeles que había en el interior de la caja fuerte. Estaban tan desordenados que tenía que mirarlos uno por uno.

Úrsula se sentía incapaz de reaccionar. No se consideraba la fan número uno del doctor Kubrick, pero desvalijar la caja fuerte de su casa le parecía algo excesivo, una traición inadmisible. ¿Qué motivos tenían para comportarse de aquel modo? ¿Desde cuándo el director se había convertido en su enemigo?

Observó a sus dos compañeros rebuscando entre el contenido de la caja fuerte y se dio cuenta de que lo más prudente era seguirles el juego. Se colocó junto a Moorcock y empezó a ayudarlo en silencio. Cogió un montón de papeles y se dispuso a examinarlos. Tras un buen rato pasando facturas y extractos bancarios, Úrsula encontró una hoja que le llamó la atención. Estaba escrita a mano, con los renglones torcidos y una caligrafía inclinada, difícil de leer. En el margen derecho leyó: «Susurros de meteora transcritos por el Profeta Howard».

El corazón se le aceleró al darse cuenta de que había dado con lo que buscaban, y sus ojos se apresuraron a proseguir la lectura, pero, de repente, alguien le arrebató la hoja de papel de un tirón.

—Veo que lo has encontrado, Mala Leche. —Quentin examinó el documento y se lo guardó en el bolsillo—. Supongo que no esperarás que te lo deje leer, ¿verdad?

Su actitud desdeñosa estaba empezando a hartarla y Úrsula se preguntó por qué tenía que aguantar ese tipo de provocaciones. Sin darse cuenta, apretó los dientes con fuerza y sus ojos relucieron con odio, a punto de perder los estribos.

—Te gustaría ser la líder de la Secret Academy, ¿verdad? —continuó Quentin—. Te gustaría ocupar mi cargo, ¿verdad? ¡Venga, confiésalo!

La acusación despertó su lado menos diplomático y Úrsula sufrió un ataque de sinceridad.

—Mira, cretino, yo no aspiro a ser líder de nada, pero incluso un orangután medio retrasado podría hacerlo mejor que tú...

A Úrsula no le gustó la sonrisa con la que Quentin encajó el insulto. Sus ojos hundidos bajo aquella única ceja, espesa y negra como el carbón, tenían un brillo malévolo.

—Ha quedado muy claro lo que piensas de mí. —Sonrió—. Ahora diré lo que yo pienso. Me encantaría que te pillase el FBI, te metiera en una prisión y no volvieras a meter las narices en la Secret Academy nunca más. Quiero perderte de vista, Mala Leche...

En el acto, Úrsula detectó movimiento a sus espaldas, pero al girar la cabeza solo pudo ver la sombra de Moorcock dispuesto a golpear su cabeza con un jarrón. No hubo tiempo para sentir dolor porque, al instante, todo se tiñó de color negro.

CAPÍTULO 15

«¿Aún no lo comprendes, hijo mío?»

—Mis ojos no pueden ver nada, pero siento la pureza que me rodea cada vez que respiro —dijo el Profeta Howard mientras se llenaba de aire lo pulmones.

La barquita se deslizaba plácidamente por las aguas plateadas del lago. Junto a la casa de madera, era el único signo visible de la presencia del hombre en aquel lugar. Martin ladeó la cabeza y admiró el intenso verde de los bosques. En las cimas de las montañas aún había nieve, y la imagen era tan hermosa que parecía que alguien las hubiese pintado de blanco a propósito para resaltar su belleza.

El lugar era bucólico, cierto, pero Martin no estaba dispuesto a relajarse lo más mínimo. Llevaba ya unos días compartiendo momentos como ese con el Profeta Howard y estaba convencido de que todos aquellos cumplidos y lisonjas respondían a una estrategia urdida por los Escorpiones con objeto de ablandarlo y captarlo para la organización.

Aquella era ya la tercera vez que los dos subían a la barca y navegaban por las sosegadas aguas del lago. No había nadie más en la embarcación, pero no estaban solos. Sentado en el porche de la casa, a pocos metros del agua, Murat fingía reposar, pero sus ojos de águila no los perdían de vista un solo instante. Martin giró la cabeza hacia él y comprobó que, en efecto, el Escorpión reseguía cada uno de sus movimientos.

—Murat no es más que un simple peón en esta partida —dijo el Profeta Howard.

Aquel era el tipo de comentario que conseguía ponerle los pelos de punta. ¿Cómo podía saber que acababa de mirar a Murat?

—Ha sido el primero en empezar el proceso y por eso te lleva algo de ventaja, pero en el futuro solo será recordado como uno de los chicos que ayudó a Martin el Grande...

—¿En qué se supone que tiene que ayudarme? —Martin trató de seguirle la corriente para conseguir algo de información.

—A salvar el mundo, por supuesto, a evitar que las llamas que rodean a la humanidad se extiendan tanto que no nos quede más remedio que quitarnos la vida antes de morir abrasados, como lo haría un escorpión desesperado...

«Otra vez con la misma metáfora», pensó Martin. Le hubiera gustado poder reírse de ella, pero cada vez que la imagen le venía a la cabeza sentía que se le helaba la sangre.

—Debes ver más allá, joven —prosiguió el Profeta—. Le debes lealtad a un hombre que no la merece. El doctor Kubrick no cree en ti. A diferencia de mí, él piensa que eres un niño normal y corriente. No se da cuenta de que eres crucial para salvar el mundo. Naciste con un destino superior...

No podía evitarlo. A Martin le encantaba sentir que estaba destinado a conseguir grandes cosas, pero no olvidaba que aquellas palabras venenosas provenían del líder y fundador de los Escorpiones.

«Sois Escorpiones porque tenéis veneno», pensó para sus adentros.

—¿No me crees, verdad? —insistió el Profeta—. Tienes a tu abuelo en un pedestal y no te das cuenta de cuáles son sus prioridades...

—Yo soy una prioridad para él, no tengo la menor duda —contestó Martin.

La sonrisa socarrona que esbozó el Profeta Howard no le gustó lo más mínimo.

—¿Estás seguro? ¿Por qué no lo comprobamos?

Aún no acababa de comprender qué se proponía, pero Martin se abstuvo de hacer alguna pregunta y se limitó a mantener los ojos bien abiertos y a escuchar todo lo que se producía a su alrededor. Tal y como le había pedido el Profeta, se había sentado en una silla de la biblioteca con los brazos cruzados, dispuesto a esperar. Mientras tanto, el líder de los Escorpiones acababa de encender un ordenador portátil y estaba tratando de contactar con el doctor Kubrick. Desde su posición, Martin podía ver la pantalla del ordenador, pero sabía que la cámara web no lo enfocaría porque se había colocado fuera de su alcance.

—Tal vez escuches cosas que te sorprendan, Martin, pero recuerda que hemos pactado que no te darás a conocer pase lo que pase...

—Te doy mi palabra —prometió Martin.

La curiosidad se estaba convirtiendo en impaciencia, pero no tuvo que esperar mucho hasta que finalmente el rostro del doctor Kubrick apareció en la pantalla del ordenador. Resultaba difícil distinguir dónde se encontraba, pero a Martin le pareció que de fondo se veía una calle con coches, semáforos y motocicletas, y dedujo que su abuelo estaba en el interior de un vehículo en marcha. Sin embargo, lo que más le llamó la atención fueron las profundas arrugas que surcaban su rostro, como si el hombre hubiera envejecido más de la cuenta desde la última vez que lo había visto.

—¿Cómo te va con la Joya de Alejandro? —El tono del Profeta Howard sonó irónico—. ¿Has encontrado ya la forma de forrarte con la meteora?

—Si así fuera, sabes que no te lo contaría —replicó tenso y a la defensiva, con los ojos fijos en su interlocutor—. ¿Por qué me llamas? ¿Qué quieres?

—Se me ocurrió pensar que tal vez te gustaría recuperar a Martin —dijo—. El chico parece muy apegado a ti y no logro convencerlo de que reniegue de la Secret Academy...

El doctor Kubrick se acarició la barbilla mientras sus ojos relucían con interés. Por el modo en que arqueó una ceja, Martin pensó que recelaba de las palabras del Profeta. A decir verdad, él tampoco sabía qué se proponía con aquella negociación, pero la esperanza iluminó sus ojos y aceleró los latidos de su corazón.

—¿Qué quieres a cambio? —le interrogó—. Dame una cifra y veré qué puedo hacer...

El Profeta Howard estalló en una carcajada.

—¿Quieres comprar a tu nieto por un fajo de billetes?

—Puedo darte algo más que un fajo de billetes, ya lo sabes...

A Martin le pareció de lo más extraña la familiaridad con la que se trataban el Profeta y su abuelo, como si ya hiciese mucho tiempo que se conocieran. Además, el hecho de que hablaran de él como una mercancía le hizo sentir sumamente incómodo.

—Martin no se puede comprar con dinero, vale mucho más que eso. —El Profeta Howard dejó de reírse—. Estoy dispuesto a dejar que regrese a la Secret Academy si a cambio me entregas la Joya de Alejandro Magno, el fragmento de meteora que Úrsula te dio.

Un silencio pesado como una losa de mármol pareció envolver la biblioteca. Casi sin darse cuenta, Martin se puso en pie, expectante. No tenía la más mínima duda de que su abuelo aceptaría el trato, pero tuvo que contenerse para no llamar su atención. De repente su estancia en tierras finlandesas parecía llegar a su fin.

El doctor Kubrick se acercó aún más a la cámara y sus ojos azules centellearon con inalterable determinación.

—Ya sabes que no puedo aceptar el trato... —replicó.

Martin se quedó paralizado. «¿Cómo que no puedes? —se preguntó sin acertar a reaccionar—. ¡Soy tu nieto y me han secuestrado! ¡Sácame de aquí, por lo que más quieras!» Su única esperanza era que aquella negativa solo fuera un intento para rebajar las pretensiones del Profeta, que solo se tratara de una técnica de negociación...

—¿Tanto dinero vas a ganar con meteora que la prefieres a tu nieto?

El silencio que vino a continuación le rompió el corazón. El doctor Kubrick, cruzado de brazos, se limitó a mirarlo en silencio, sin abrir la boca.

—Eres absolutamente previsible —continuó el Profeta—. De hecho, nunca he tenido la intención de intercambiar a Martin. Solo quería comprobar una vez más lo estúpido que eres y lo perdido que estás. ¿Aún no te has dado cuenta de que Martin vale mucho más que un simple pedazo de meteora?

Su abuelo encajó los insultos fríamente, sin mover un solo músculo de la cara. Entonces su voz sonó dura, hostil.

—Hace veinte años que tengo asumido que nunca madurarás —dijo—. Y ahora, si me disculpas, tengo asuntos de los que ocuparme...

El programa se cerró en aquel instante y la pantalla del ordenador se fundió a negro.

Martin estaba demasiado contrariado para reaccionar.

—¿Lo ves, Martin? Tu abuelo no cambiará nunca... —le dijo girándose hacia él—. Solo quería que vieses hasta dónde puede llegar su ambición...

—¿Para qué quiere la meteora? —preguntó.

Aún no podía concebir que su abuelo hubiera preferido un trozo de aquel mineral antes que recuperarlo a él.

—Tu abuelo va a ganar mucho dinero con el mineral. Muchísimo dinero...

—No me lo trago —Martin negó con la cabeza—. Tiene que haber otro motivo aparte del dinero...

El Profeta Howard se levantó de la silla y se quitó las gafas de sol. El blanco de sus ojos tenía una textura lechosa, desagradable.

—Lo ha hecho por el dinero —aseguró—. Lo conozco muy bien, mejor que tú...

—Ah, ¿sí? —preguntó—. ¿De qué os conocéis si se puede saber?

El Profeta Howard ladeó la cabeza hacia él con abatimiento. Moviendo el bastón por el suelo se acercó a su posición hasta que rozó su pie derecho y se detuvo. Con aire afligido, levantó la mano derecha y le acarició primero la cara y después el pelo.

—¿Aún no lo comprendes, hijo mío? —Su voz grave tenía un aire triste—. El doctor Kubrick es mi padre...

Martin se quedó pálido, blanco como el papel, preguntándose si aquello era posible.

—Sí, Martin —añadió—. Es exactamente lo que estás pensando...

CAPÍTULO 16

«Huelo a sangre.»

El grito de rabia resonó por el bosque justo antes de que el puñetazo impactara contra la corteza del árbol. Saltaron un par de astillas, pero la peor parte se la llevó el puño de Martin. La sangre brotó, pero él no sentía dolor. Sin dejar de gritar, golpeó una y otra vez el tronco con ambos puños. Izquierda, derecha, izquierda, derecha, izquierda, derecha... Solo se detuvo cuando el dolor fue inaguantable y cayó de rodillas en el suelo. Tenía varia brechas en los nudillos de sus puños, sangraba a borbotones y debía de tener varios huesos resquebrajados o rotos.

El estupor había sido tan grande que le había costado reaccionar. Se había quedado aturdido, como si le hubieran girado la cara de un bofetón. «Este tío no puede ser mi padre», se decía, hasta que se sintió un estúpido por negar la

evidencia. El Profeta Howard tenía sus mismas orejas, la misma forma del mentón y se le dibujaba el mismo hoyuelo en las comisuras de los labios cada vez que sonreía.

Pero aquello no era la prueba más determinante. En una fracción de segundo los recuerdos acudieron a su mente como martillazos. Martin recordó cómo el Profeta Howard había descrito a su padre como un ambicioso hombre de negocios que nunca tenía tiempo para su hijo y trataba de compensar su falta de atención con regalos desproporcionados. Era la viva imagen de su abuelo, el doctor Kubrick. Sin embargo, las piezas no acabaron de encajar hasta que otro recuerdo, casi olvidado, emergió de repente como un destello de inspiración. Martin no debía de tener siete años cuando trepó hasta lo alto de una estantería para fisgonear entre los libros de la biblioteca que tenían en el piso de Nueva York. Allí había encontrado una vasta colección de libros para ciegos editados en sistema braille. A Martin le había parecido de lo más curioso, pero lo había achacado a una de las excentricidades de su abuelo. Ahora veía la realidad demasiado claramente. Aquellos libros olvidados —tal vez escondidos a propósito— pertenecían a su padre.

—Vayamos a pasear —le había pedido el Profeta justo después de revelarle la verdad—. Tenemos mucho de qué hablar...

—Tú no eres mi padre —le había escupido Martin antes de abandonar la casa del lago con un sonoro portazo.

Martin detestaba haberse ido de aquel modo, perdiendo los estribos y dejándose llevar por sus sentimientos. Sentado en el suelo, con la espalda apoyada contra un abeto, dejó que la respiración se le acompasara. Tenía los dedos destrozados, con los nudillos hinchados y cubiertos de sangre reseca. Las manos le dolían mucho, pero aquel dolor casi aliviaba su verdadero sufrimiento. ¿Cómo podía ser que su abuelo hubiese preferido un pedazo de mineral a recuperarlo? ¿Cómo podía ser que su padre se hubiese desentendido de él durante tantos años?

Levantó la vista y apenas fue capaz de localizar el sol. La tarde era particularmente sombría porque los nubarrones que cubrían el cielo y las espesas copas de los árboles apenas dejaban pasar los rayos de luz. Cada vez que pensaba en lo ocurrido le entraban ganas de levantarse del suelo y seguir pegando puñetazos contra el tronco del árbol, pero se obligó a mantener la cabeza fría. Ya no sabía a quién tenía que ser fiel. Sus valores se habían desmoronado como un castillo de arena. Sus manos manchadas de sangre habían echado a perder el jersey de lana que llevaba, pero tiró sin más. Se incorporó del suelo y, al instante, sus ojos reconocieron la silueta del Profeta Howard, que avanzaba entre los abetos sujetando la correa de uno de los huskies.

—Huelo a sangre... ¿Estás bien?

Martin estaba demasiado furioso para responder y se limitó a apretar con fuerza la mandíbula.

—Siento que te criara el doctor Kubrick —se disculpó el Profeta mientras el perro le guiaba hasta su posición—. También me crió a mí y nunca tuvo mucho tiempo para dedicarme.

—Tuvo más del que me has dedicado tú, papá —le reprochó Martin pronunciando con lentitud y desprecio la última palabra.

—Cierto, pero lo mío no fue vocacional ni fruto de un capricho —se disculpó—. Había razones poderosas para que todos vosotros, los elegidos, no conocierais vuestro destino. Obligué, por ejemplo, a separar a Rowling de sus padres. Como entenderás, no podía cometer una excepción con mi propio hijo...

Martin se frotó los nudillos de las manos. Ya no sangraban, pero estaban tan hinchados que apenas podía mover los dedos.

—¿Por qué me inyectaste meteora? ¿Qué te hizo pensar que quería ser uno de los elegidos?

—Me trae sin cuidado lo que quieras o no —contestó—. Te inyecté meteora porque era tu destino.

La voz del Profeta Howard era suave como la brisa, pero firme como las raíces de un roble. Desató la correa del husky y el animal se acercó a Martin. Ante su sorpresa, el perro empezó a lamerle las manos manchadas de sangre.

El Profeta Howard sacó el colgante de meteora y dejó que sus destellos verdes le iluminaran el rostro.

—Tu abuelo va a utilizar la Joya de Alejandro Magno para ganar dinero de forma irresponsable, ya lo verás —aseguró—. Yo voy a utilizar la meteora para preparar a los elegidos, para que puedan salvar el mundo cuando llegue el momento. ¿Sabes por qué Murat es tan poderoso?

—No —contestó Martin.

—Murat no es más que un chico mediocre, un chico del montón sin ninguna clase de talento —aseguró—. Sin embargo, le permití que se inyectara meteora por segunda vez...

Los ojos de Martin dejaron de parpadear, fijos en los relucientes destellos que emanaban del poderoso mineral.

—Ha llegado el momento, hijo —proclamó—. Vas a inyectarte meteora por segunda vez y te convertirás en mi abanderado, en el estandarte de los Escorpiones. Tu fuerza, tu energía, tu inteligencia, tu instinto, tu talento se multiplicarán de un modo que jamás podrías imaginar. Serás imparable, Martin, y tu poder salvará el mundo.

CAPÍTULO 17

«Los padres son los que compran los zapatos.»

—La pastilla, Neal —insistió Lucas.

El informático giró la cabeza hacia él y se acercó dando unos pasitos rápidos y cortos. Con actitud obediente, abrió la boca y dejó que Lucas le colocara la pastilla en la lengua. Acto seguido se llevó el vaso a los labios y engulló toda el agua de un solo trago.

—Perfecto —le felicitó—. Ahora ya puedes ir a trabajar.

Satisfecho, Lucas contempló el renovado aspecto del informático. Tal vez no pareciera el hombre más formal del mundo, pero por lo menos ya no aparentaba ser un maloliente pordiosero. Neal Stephenson llevaba ropa limpia, se había rasurado la barba y su pelo había dejado de ser un estropajo viejo para convertirse en una melena lisa que olía a champú.

—Intentaré traerte lo que me has pedido —dijo el informático.

—Haz lo que puedas sin arriesgar, ¿vale? —contestó Lucas, y lo acompañó hasta la puerta.

Durante los meses de secuestro, la doctora le había hablado tanto de Neal Stephenson que Lucas casi lo veía como a un miembro de su propia familia. Sabía que no era lo bastante responsable para tomarse la medicación, asearse o comer por sí solo, y que necesitaba a alguien que se ocupara de él. Por eso, con la ausencia de la doctora Shelley, a Lucas no le había quedado más remedio que asumir un papel que le hacía sentirse como una especie de madre protectora.

Desde el umbral de la puerta, Lucas contempló al informático alejarse caminando por la playa. Neal ni siquiera se había percatado de que no llovía y había abierto el paraguas. Una ráfaga de viento hizo que se le escapara de entre los dedos y tuvo que correr por la arena un buen trecho para atraparlo. Sin girarse, siguió adelante con la espalda encorvada por el fuerte viento en dirección al centro de investigación que se encontraba a medio kilómetro de distancia.

Lucas cerró la puerta y se dirigió a la segunda planta. Tras la esperanzadora charla con Úrsula, tenía motivos para sentirse optimista, pero sus hombros estaban hundidos y caminaba alicaído, con la vista fija en el suelo. Subió los peldaños de las escaleras con el sentimiento de que aquel era el cumpleaños más desangelado de su vida. Ese día cumplía trece años y no podía evitar sentirse algo deprimido porque nadie le había felicitado.

Entró en el despacho de la doctora Shelley y se sentó en la silla del escritorio. Encendió el ordenador y esperó a que arrancara pacientemente mientras contemplaba el embravecido océano a través de la ventana de la habitación. Estaba nervioso. Sentía cómo una creciente inquietud se le concentraba en la boca del estómago y cómo necesitaba respirar hondo para que el corazón no se le disparara. Comprobó que la conexión a internet funcionaba y abrió el programa de la cámara web que Neal Stephenson había instalado en aquel ordenador. El hacker informático era incapaz de cocinarse un huevo frito, pero había restablecido el acceso a internet que fallaba en la Secret Academy en menos de un minuto.

Lucas se repeinó el pelo con ambas manos, inspiró profundamente y estableció comunicación con Barcelona. La espera se hizo insoportable, pero finalmente el rostro de su interlocutora apareció en pantalla. Desde que tenía uso de razón, Lucas siempre había recordado a su madre como una mujer rolliza y de mejillas sonrosadas, y necesitó unos instantes antes de reconocerla. Estaba pálida y ojerosa, y por lo menos había adelgazado diez kilos.

—Lu... Lu... Lu... —tartamudeó sin conseguir pronunciar su nombre completo.

Llevaba un delantal puesto y se sujetaba el corazón con ambas manos, como si tuviera miedo de que se le saliera del pecho.

—Tienes que comer más, mamá. Estás delgada —trató de bromear Lucas, aunque tenía más ganas de llorar que de reír.

La sorpresa había resultado tan mayúscula que su madre tardó un momento en reaccionar. Pero luego tenía tantas cosas en la cabeza, que empezó a hablar atropelladamente.

—¿Por qué no has llamado antes? ¿Seguro que estás bien? ¿Sabes lo mal que lo hemos pasado? Teníamos miedo de que estuvieras muerto... —le reprochó—. Casi nos hemos vuelto locos, hijo. Hemos llamado a la policía, a los periódicos y a la tele para denunciarlo, pero no nos hacen caso... Dicen que lo investigan, pero no hacen nada... ¡Vuelve a casa, hijo, te echamos de menos!

Lucas dejó que su madre se desahogara un poco. Estaba tan nerviosa que no podía dejar de hablar, expresando caóticamente sus sentimientos contradictorios.

—El contrato de la Secret Academy era una trampa —continuó—. Había unos apéndices y unas disposiciones adicionales que no tuvimos en cuenta y nuestro abogado nos dice que no podemos hacer nada... Pero no te preocupes, nosotros no nos rendimos...

Su madre estaba muy indignada porque las autoridades no hacían nada para devolverle a su hijo y además estaba convencida de que todos habían sido comprados por el doctor Kubrick, tanto las radios y las teles como la policía y los políticos locales.

Lucas dejó que lo soltara todo y entonces le contó que su estancia en la Secret Academy no había sido nada fácil. Sin entrar en detalles, le explicó que había pasado por una larga enfermedad de la que ya estaba completamente recuperado y le pidió disculpas por no haber podido contactar antes con ella.

No fue hasta al cabo de un buen rato que se sintió capaz de formular la pregunta que llevaba meses angustiándole.

—¿Qué ocurrió conmigo, mamá? —le preguntó—. Cuando yo era un bebé, un recién nacido...

Su tez, ya de por sí pálida, se tornó aún más blanca, y Lucas supo que había dado en el clavo.

—¿Qué quieres decir, hijo? —preguntó con un dejo de miedo en la voz.

—Me inyectaron algo, mamá —repitió Lucas, dolido, notando que el corazón se le aceleraba—. Algo que hizo que aquel caramelo del doctor Kubrick cambiara de color...

Durante los siguientes instantes de silencio una lágrima brotó del ojo izquierdo de la mujer y se deslizó por su mejilla hasta que se la enjugó con un pañuelo. Lucas, cada vez más ansioso, esperaba una explicación mirándola fijamente.

—No sé nada de todo eso, hijo, pero...

—¡Pero ¿qué?! —insistió Lucas.

Su madre bajó la mirada un instante y luego se volvió a encontrar con los ojos de su hijo. Su voz sonó arrepentida cuando volvió a hablar.

—Nunca creímos necesario contártelo, pero ha llegado el momento de que conozcas la verdad —susurró—. Tu padre y yo no podíamos concebir hijos de forma natural así que te adoptamos...

—¡¿Cómo?!

Si su madre hubiera estado en aquella habitación, la habría agarrado fuerte de los brazos, pero la confesión se acababa de producir a través de la fría pantalla de un ordenador y se tuvo que conformar con mirarla con los ojos abiertos como platos.

—Tal vez no seamos tus padres biológicos, pero te queremos como cualquier padre querría a su hijo, incluso más... —aseguró—. Daríamos nuestra vida por ti, Lucas. Ya sabes lo que dicen: los padres son los que compran los zapatos. Y nosotros te hemos comprado los zapatos desde que apenas levantabas un palmo del suelo.

Lucas sabía que su madre hablaba con el corazón en la mano, pero mil dudas se cernían sobre él. Todavía había demasiados interrogantes como para formarse una opinión firme al respecto.

—¿Qué ocurrió? —le espetó bruscamente.

Su madre apenas consiguió reprimir las lágrimas cuando volvió a hablar.

—Llevábamos varios años intentando adoptar un niño. Era nuestra gran ilusión, pero no nos consideraban aptos porque no teníamos suficiente dinero —explicó—. Entonces aquel hombre se presentó en casa con un hermoso y tierno bebé...

El mero recuerdo bañó en lágrimas el rostro de su madre, pero se las arregló para seguir con la explicación.

—Eras tú, Lucas, el bebé más hermoso del mundo. —Sus ojos, llenos de lágrimas, relucieron por el recuerdo—. Eras tan pequeñito, estabas tan indefenso... No podías ni aguantar la cabecita. De repente nuestros mayores deseos se hacían realidad, como en un cuento de hadas, y aquel hombre nos dijo que podíamos quedarnos con el niño si lo deseábamos. Tenía una partida de nacimiento falsa y todos los papeles en regla. Simplemente había que decir que sí, y cuando estuviste en mis brazos solo pensé una cosa: que siempre serías mi hijo y que te amaría hasta el último de mis días...

«Pero yo no era tu hijo», pensó Lucas, contrariado.

Su confuso cerebro trató de ordenar sus pensamientos. Sabía que el amor de la que había creído su madre había sido incondicional, pero sus padres biológicos tenían que estar en alguna parte. Aquello no parecía ningún cuento de hadas, sino más bien un vergonzoso acto criminal. ¿Cómo habían podido fiarse de un tipo que se presentaba en su casa con un recién nacido en brazos y una partida de nacimiento falsa?

Como si hubiera intuido su pensamiento, ella volvió a bajar la mirada, avergonzada.

—Aquel hombre nos dijo que tu madre biológica era soltera y que había muerto en el parto...

—¿Y le creíste? —preguntó Lucas, incapaz de entender cómo habían sido capaces de aceptar un trato tan oscuro, tan sospechoso.

—Quise creer que era verdad —le dijo.

Estaba tan confuso como decepcionado. De repente se sentía incapaz de reconocer a la mujer que lo miraba a través de aquella pantalla de ordenador. No le importaba demasiado que sus padres fueran adoptivos, pero le había disgustado averiguarlo en esas circunstancias.

—¿Podrás perdonarnos, Lucas? —le preguntó.

Había tanto dolor y sufrimiento en el rostro de su madre que Lucas sintió piedad.

—Claro que sí —contestó, pero en el fondo no estaba nada seguro de ello.

Aún no había conseguido hacerse a la idea de lo que representaba ese descubrimiento y se sentía incapaz de seguir hablando con ella.

—Hoy no es mi cumpleaños, ¿verdad?

—Para mí, sí —contestó su madre—. Hace exactamente trece años que sostuve por primera vez a mi hijo...

Intentó tragarse el orgullo herido y no parecer resentido, pero se sentía tan engañado que no podía continuar por más tiempo aquella conversación.

—Tengo que dejarte, madre —le dijo y apagó la pantalla del ordenador.

Lucas aún estaba deprimido cuando, al cabo de varias horas, oyó abrirse la puerta de la casa.

—¡Hola! —gritó la voz de Neal.

Ni se planteó la posibilidad de levantarse de la butaca. No había comido nada en todo el día y no se había movido del despacho de la doctora Shelley, ni siquiera para ir al baño. Habían pasado los minutos, habían pasado las horas, pero Lucas aún no sabía qué pensar de aquel asunto.

Se sentía profundamente agotado. Cada vez que descubría alguna cosa sobre él, surgían más incógnitas que le confundían aún más.

Lucas se frotó la cara con las manos mientras escuchaba los pasos de Neal Stephenson subir por las escaleras.

—¿Lucas? ¿Estás ahí?

No contestó, pero oyó como se abría la puerta del despacho y el informático entraba dentro.

—¿Te has enterado?

—¿De qué? —preguntó desganado. No le apetecía lo más mínimo jugar a las adivinanzas.

—De lo del doctor Kubrick —le dijo—. En la red no se habla de otra cosa, y sale en los noticiarios de todo el mundo.

CAPÍTULO 18

«Para mí el dinero no tiene la menor importancia.»

GREEN WORLD CORPORATION

Rowling sabía que tenía las orejas coloradas a causa del calor que le llegaba de la chimenea. El fuego estaba demasiado vivo y decidió quitarse el jersey para quedarse en manga corta. Con los guantes puestos, parecía una excéntrica, pero en aquel momento nadie la estaba mirando.

Todos los ojos estaban pendientes del televisor que había en la planta baja de la casa del lago. Sentada a su lado, en el mismo sofá, se encontraban Virginia y Aldous, mientras que el Profeta Howard, Martin y Murat habían optado por acomodarse en sillas alejadas. Nadie hablaba. Parecía no existir nada más salvo la televisión. En cuanto el doctor Kubrick apareció en pantalla, Rowling se fijó en que Martin se tensionaba. Su compañero se cruzó de brazos, arqueó las cejas y apretó la mandíbula.

—... La noticia ha cogido por sorpresa a todas las empresas energéticas del mundo. La irrupción del magnate de las finanzas en el sector parece tan definitiva como fulminante —comentaba la voz de un periodista.

En las imágenes se podía ver al doctor Kubrick subiendo unos escalones y estrechando la mano del presidente de Estados Unidos. Ambos parecían muy buenos amigos y debían estar comentando algo muy gracioso porque sonreían y charlaban más animadamente.

—Es momento de conectar en directo con la Casa Blanca para escuchar la rueda de prensa conjunta de los dos protagonistas del día —continuó la misma voz del periodista.

En las siguientes imágenes, el presidente de Estados Unidos y el doctor Kubrick aparecían de pie ante unos micrófonos. El presidente norteamericano fue el primero en tomar la palabra.

—Estados Unidos siempre ha manifestado su gran compromiso con la sostenibilidad de nuestro mundo —discurseó—. Para lograrlo necesitamos generar energía que no contamine la atmósfera, y mi buen amigo, el doctor Kubrick, ha dado con la solución al problema. Estados Unidos acaba de firmar un contrato con la compañía Green World Corporation, que venderá energía verde no contaminante a lo largo y ancho de nuestra nación durante los próximos veinte años.

Algunos aplausos resonaron en la rueda de prensa mientras las cámaras enfocaban al doctor Kubrick. Su aspecto era tan extravagante como de costumbre. Vestía totalmente de blanco y jugueteaba con un bastón plateado al tiempo que se peinaba y repeinaba su espeso bigote canoso. Se aclaró la garganta y miró directamente a las cámaras.

—Nuestro mundo necesita la energía limpia de Green World Corporation —declaró con inalterable seguridad—. El mayor problema de la humanidad es que para crear energía necesitamos contaminar. Contaminamos la atmósfera, los ríos, los mares, los bosques, las llanuras, las ciudades, los pueblos, los valles y las montañas. Estamos contaminando tanto que muy pronto no nos quedará nada que contaminar —la voz del doctor Kubrick, enérgica y decidida, se detuvo unos instantes antes de reanudar su discurso—. Por ese motivo, estoy en condiciones de afirmar que Green World Corporation, la compañía que acabo de crear, va a salvar el mundo. Podremos continuar con nuestras actividades cotidianas sin temer por el entorno porque Green World Corporation genera energía verde no contaminante, energía limpia y barata, sin residuos.

Los únicos aplausos llegaron a través del aparato de televisión, porque en la casa del lago se respiraba cualquier cosa menos euforia. Curiosamente, de todos los presentes era Martin el que parecía más disgustado, como si se sintiera muy ofendido por el discurso de su abuelo. Ladeó la cabeza hacia el Profeta Howard, que estaba inmóvil, con una sonrisa relajada en los labios y una expresión que parecía decir «Te lo dije».

La cámara enfocó a un periodista que se levantó de la silla para formular una pregunta.

—¿Puede explicarnos cómo genera la energía Green World Corporation?

«Con meteora», pensó Rowling. Solo podía ser eso. Tenía que reconocer que el doctor Kubrick era un tipo muy avispado: apenas había necesitado cinco meses para sacar tajada de la Joya de Alejandro Magno.

—Puedo explicarlo, pero no lo haré —sonrió el doctor—. Contaré mi secreto cuando Coca-Cola publique la fórmula de su refresco, ¿qué os parece?

Algunos periodistas se rieron ante la ocurrente respuesta del doctor Kubrick, pero en aquella planta baja todo eran caras largas.

—¿Es consciente de que con este acuerdo con Estados Unidos va a convertirse en el hombre más rico del mundo? —intervino otro periodista.

—Lo soy, pero para mí lo más importante es sentir que estoy cumpliendo con mi deber como ser humano, ayudando a construir un mundo mejor —aseguró—. Para mí el dinero no tiene la menor importancia...

El estruendo que se produjo a continuación silenció de golpe la voz del doctor Kubrick. La pantalla de televisión acababa de estallar y Rowling tardó unos segundos en darse cuenta de que el responsable había sido Martin. Su zapato izquierdo estaba incrustado entre los cristales rotos de la pantalla de plasma y se había puesto de pie, con una expresión furiosa en la cara. Sin mirar a nadie, se alejó cojeando, con el pie izquierdo descalzo y escupiendo maldiciones entre dientes.

Durante unos instantes se hizo un pesado silencio. Todos los que se encontraban en la sala intercambiaron miradas confusas. Rowling se dio cuenta de que Virginia y Aldous no habían entendido nada de lo ocurrido, pero fue Murat el primero en intervenir.

—¿Tan grave es? —preguntó dirigiéndose hacia el Profeta Howard.

—Muy grave —contestó acariciándose la fina perilla—. Ahora nuestro enemigo, el doctor Kubrick, acaba de convertirse en alguien inmensamente poderoso. No solo será el hombre más rico del planeta, sino que también tendrá influencia sobre Estados Unidos, la gran potencia mundial.

—Pero parece tener buenas intenciones —objetó Aldous poniéndose de pie—. Esa empresa suya va a generar energía limpia, sin contaminantes ni residuos tóxicos...

El Profeta Howard lanzó una gran carcajada mientras se levantaba de la silla y se acercaba a Aldous agitando el bastón a izquierda y derecha. Cuando estuvo lo bastante cerca, le colocó una mano amistosa encima del hombro.

—El doctor Kubrick acaba de mentirle a todo el mundo, amigo mío —sentenció—. Lo sabemos gracias a Rowling. Fue ella la que nos envió los resultados con los experimentos con meteora...

Todos los rostros la miraron atentamente, pero se quedó en silencio. Quería que fuera el mismo Profeta Howard el encargado de confirmar sus inquietantes sospechas.

—El doctor Kubrick va a generar energía con meteora —explicó—. El proceso es sencillo. Somete el mineral a una temperatura muy elevada y este desprende una cantidad de energía absolutamente apabullante, equivalente a la de cien centrales nucleares funcionando a pleno rendimiento.

—Todavía no veo dónde está el problema —intervino Aldous.

—Enseguida lo verás —replicó el Profeta Howard—. El doctor Kubrick ha dicho que no generaría residuos, pero es mentira. Rowling puede confirmaros lo que ocurre cuando se calienta meteora hasta convertirse en gas...

Otra vez la miraron todos, esperando respuesta. No le gustaba recordar el incidente, pero ella había visto morir a mucha gente en el campo de fútbol donde, acompañada de Úrsula y Lucas, había realizado aquel experimento virtual con meteora.

—Ese gas es muy tóxico —confirmó Rowling—. Se disipa en el aire a gran velocidad y elimina a todos los que lo respiran... Podría acabar con la vida de los habitantes de una ciudad en unas pocas horas...

—Y con los de un continente en unos días —añadió el Profeta—. Un accidente y podría resultar fatal para toda la humanidad...

Rowling empalideció al imaginarse aquella estremecedora posibilidad.

El sol de medianoche hacía imposible que pudiera valerse de las tinieblas para pasar desapercibida, pero tenía que arriesgar si quería seguir manteniendo el contacto con Asimov. Aprovechando que todos estaban dormidos, Rowling se había escapado al bosque con el teléfono móvil que su padre le había prestado. Tras andar durante un buen rato entre la vegetación, decidió que ya se había alejado bastante y marcó el número de teléfono del jefe de estudios. Tras teclear la combinación de seguridad, la voz fría de Asimov sonó al otro lado de la línea.

—¿Eres tú, Rowling? ¿Os habéis enterado de lo del doctor Kubrick?

—Sí —se limitó a responder.

—¿Cómo han reaccionado todos? —quiso saber—. ¿Y Martin? ¿Cómo se lo ha tomado Martin?

«Muy mal», recordó Rowling.

La verdad era que no había vuelto a ver al chico desde que se había cargado el televisor de un zapatazo, y ya habían pasado unas doce horas desde el incidente. Lo único que estaba claro era que no se encontraba en la planta baja de la casa durmiendo con todos los demás.

—Antes de nada, me gustaría hablar con Lucas —solicitó Rowling—. Después te contaré lo que quieras...

—Lo siento, pero no podrá ser —replicó—. Lucas no está conmigo en estos momentos, pero te aseguro que está bien. Pronto podrás hablar con él...

Ya era la segunda vez que repetía la misma excusa y esta vez Rowling no estaba dispuesta a tragársela. Se quedó en silencio unos instantes antes de volver a hablar.

—Teníamos un trato —le recordó—. Y no puedes garantizarme que Lucas está bien si no puedo hablar con él...

—Vamos a llevarnos bien, Rowling. —Su voz era una amenaza—. Tú me informas y yo me ocupo de que a Lucas no le ocurra nada malo. Si eres buena chica y haces todo lo que te pido incluso volverás a tener ese dedo que te corté. Lo tengo guardado en el congelador y solo habrá que coser. Te quedará igual que antes, como mucho se verá una pequeña cicatriz.

Los ojos verdes de Rowling se perdieron en la inmensidad del bosque. Sujetó el teléfono móvil con el hombro y se quitó el guante izquierdo para contemplar la mutilación. El dedo cortado seguía creciendo día tras día, milímetro a milímetro, y calculó que, si seguía regenerándose a aquel ritmo, en un par de meses ya volvería a crecerle la uña. Estaba muy claro que no necesitaba para nada su antiguo dedo congelado.

—¿Sigues ahí, Rowling?

Impasible, volvió a colocarse el guante.

—Haz lo que quieras con mi dedo meñique —lo desafió—. Eso sí, asegúrate de estar cerca de Lucas la próxima vez que te llame o no voy a darte ninguna información.

Entonces colgó.

Aún no podía creerse que hubiera sido capaz de hablarle a Asimov de aquel modo, pero su instinto le decía que no debía ceder ni un ápice. Dio media vuelta y regresó hacia la casa, pisando el suelo cubierto de agujas de pino que crujían a cada paso.

A medida que se acercaba extremó las precauciones, pero cuando consiguió divisar la casa del lago se dio cuenta de que su ausencia no debía de haber pasado desapercibida.

Alguien estaba sentado en la escalera del porche, justo delante de la puerta de entrada. Tras abandonar la espesura del bosque, se dio cuenta de que se trataba del Profeta Howard. Uno de los huskies estaba tumbado a sus pies, y el hombre ciego le acariciaba el lomo con una sonrisa en los labios.

Rowling se quedó mirándolo desde la distancia, muy quieta. El animal levantó la cabeza para mirarla, pero las caricias de su amo le gustaban tanto que no se molestó en ladrar hacia ella.

Concentrándose en sus movimientos, trató de dirigirse hacia la casa sin hacer el menor ruido, pero tras una docena de pasos vio que el Profeta Howard inspiraba profundamente y giraba la cabeza hacia ella.

—¿Tú tampoco puedes dormir, Rowling?

—¿Cómo sabías que era yo? —le preguntó.

—Por tu olor —replicó sin dejar de acariciar al perro—. Y por tu forma de caminar. Eres muy sigilosa, Rowling. Tus pasos son livianos como la niebla.

Había oído decir que los ciegos compensaban su falta de vista desarrollando sus otros cuatro sentidos, pero las capacidades sensoriales del Profeta Howard casi le parecían sobrenaturales.

—Quiero enseñarte algo... ¿Vienes conmigo?

Rowling asintió con la cabeza y siguió al Profeta Howard hasta el interior de la casa. El hombre ciego agitaba el bastón a un lado y al otro, pero sus pasos eran silenciosos y los cuatro chicos que se encontraban en la planta baja, dispuestos en colchones repartidos por el suelo, siguieron durmiendo plácidamente.

El Profeta palpó a ciegas con la mano hasta dar con la barandilla y enfiló las escaleras hacia el piso superior. Rowling le siguió hasta la biblioteca mientras se preguntaba qué quería mostrarle exactamente aquel hombre. La chica contempló las estanterías repletas de libros, pero el Profeta Howard se dirigió hacia la pared que precisamente no tenía estanterías, la que contenía la espectacular pintura del escorpión rodeado de llamas.

—Pulsa el aguijón del escorpión...

La orden la dejó confusa. Rowling se acercó a la pintura y contempló de cerca el poderoso aguijón que se cernía sobre el cogote del arácnido. Lo tocó con el dedo índice, pero nada ocurrió.

—Púlsalo con fuerza —le pidió el Profeta.

Desconfiada, apretó más fuerte el aguijón y, de repente, una abertura del tamaño de una persona media se formó en un lateral de la sala. Sin añadir nada más, el Profeta se dirigió hacia la entrada secreta y se introdujo dentro. Una vez más, Rowling siguió sus pasos con cautela.

Se encontraban en un habitáculo estrecho y oscuro, con una escalera completamente vertical que conducía a un piso superior. Sin mediar palabra, el Profeta Howard empezó a subir hasta llegar a lo más alto.

—Vamos, no tengas miedo —la animó.

La curiosidad acentuó el brillo verde de sus ojos y se mordisqueó los labios con impaciencia. Una luz artificial de tonos blanquecinos provenía del piso superior, y Rowling se apresuró a subir.

La mano del Profeta Howard la ayudó a salvar los últimos peldaños. Se encontraban en una sala de paredes desnudas, con una lámpara vieja que colgaba del techo meciéndose suavemente. El techo era tan bajo que Rowling no podía ponerse totalmente en pie y necesitaba arquear ligeramente la columna vertebral, pero casi no fue consciente de ello. En el habitáculo había un extraño artilugio metálico conectado a la corriente eléctrica que nunca había visto. No tuvo tiempo de preguntarse para qué servía porque, tumbado en un camastro, yacía un chico de trece años, alto y de complexión atlética. Su pelo rubio, empapado de sudor, parecía más oscuro de lo habitual y, pese a que tenía los ojos cerrados, no parecía gozar de un sueño nada plácido. Agitaba la cabeza a un lado y al otro constantemente, como si estuviera sumido en una horrible pesadilla.

—No, por favor, no... —suplicó Martin en sueños.

Rowling iba a despertarlo, pero la mano del Profeta Howard la detuvo.

—Solo serán unas horas —aseguró—. Mañana ya se encontrará bien...

No era nada agradable presenciar aquel espectáculo. El sufrimiento de Martin era tan evidente que la hacía sentir sumamente incómoda.

El Profeta Howard cogió una toalla húmeda y se la colocó en la frente.

—¿Qué le has hecho? —preguntó Rowling.

—Yo nada —aseguró— Ha sido él... Él ha tomado la decisión...

—¿Qué decisión? —insistió Rowling.

Sus ojos verdes inspeccionaron el cuerpo de su compañero hasta detenerse en el brazo izquierdo. Allí, rodeando la vena, había un diminuto moratón, como si alguien le hubiera hecho una transfusión de sangre.

—Martin ha decidido convertirse en un Escorpión. —El Profeta Howard sacó el fragmento de meteora que llevaba sujeto a un colgante y se lo mostró a la irlandesa—. Ahora es un poco más pequeño, ¿lo ves?

Rowling no fue capaz de apreciar ninguna disimilitud, pero asintió con la cabeza.

—Esta es la diferencia entre los Escorpiones y la Secret Academy —continuó—. El doctor Kubrick está gastando su piedra de meteora para ganar dinero. Yo, en cambio, pongo mi fragmento de meteora al servicio de los elegidos, los chicos y chicas que estáis destinados a salvar el mundo.

CAPÍTULO 19

«En breves instantes procederemos con el despegue.»

—Bienvenidos a bordo, pasajeros —recitó la voz del capitán con un tono tan monótono que invitaba a echar una siesta—. En breves instantes partirá el vuelo V456 con destino a Estambul...

Escuchar el nombre de la ciudad a la que se dirigía le ponía los pelos de punta. Úrsula cerró los ojos mientras notaba como el avión empezaba a moverse por la pista de despegue. Estaba sentada en la última fila junto a un agente de la CIA llamado King. Era un tipo que vestía con traje y corbata y llevaba gafas de sol. Al parecer, estaba tan preocupado por evitar que Úrsula escapara que él mismo se había esposado con ella.

—Te las quitaré cuando estemos en el aire —le aseguró el agente.

Úrsula asintió en silencio. La verdad es que aquellas esposas se cernían con demasiada fuerza sobre su muñeca derecha y ya hacía un buen rato que la tenía dolorida.

En esos momentos mantenía la serenidad, pero cuando la informaron de que las autoridades estadounidenses habían decidido extraditarla a Turquía había perdido los estribos porque sabía demasiado bien lo que eso significaba. La italiana había cometido suficientes actos delictivos en dicho país como para pudrirse en un centro de menores durante unos cuantos años, y había reaccionado enfrentándose a la policía con gritos y amenazas. Sin embargo, aquella pataleta no le había servido para nada porque allí estaba, esposada junto a un agente de la CIA y en un avión que muy pronto pondría rumbo a Turquía.

Úrsula giró la cabeza y espió por la ventana que tenía a su izquierda. El avión seguía avanzando por la pista de despegue, probablemente a la espera de recibir la autorización. Suspiró y se frotó la cabeza dolorida, aún hinchada por el jarronazo que Moorcock le había propinado por la espalda. Sin embargo, lo más aparatoso era el morado que le había salido en la mejilla tras caer de bruces contra el suelo. El hematoma había pasado por varias gamas de colores hasta adoptar la tonalidad amarillenta de ese momento, pero ella no pensaba en las lesiones que había sufrido, sino en los dos miserables que las habían provocado. Úrsula revivía una y otra vez la misma impotencia cuando recordaba el momento en que había abierto los ojos. Aún aturdida por el tiempo pasado inconsciente, no comprendió la magnitud de lo que acababa de ocurrir hasta que se dio cuenta de que estaba rodeada de policías. Para asegurarse de que no pudiera escapar, sus compañeros incluso la habían atado a una butaca, de modo que no tuvo la menor oportunidad de oponer resistencia. Solo esperaba que llegase el día en que pudiera exigirles una explicación a esos dos cobardes.

Las azafatas empezaron a desfilar por el pasillo central del avión pidiendo a todos los pasajeros que apagaran sus teléfonos móviles y que se abrocharan los cinturones. Una de ellas empezó a enumerar las medidas de seguridad que debían seguirse en caso de emergencia, mientras que otra, a quien nadie le prestaba atención, las escenificaba haciendo mímica.

La italiana volvió a mirar por la ventana y se sorprendió al ver un par de vehículos militares circulando detrás del avión. Extrañada, consultó al agente King con la mirada.

—¿Es normal?

Su silencio parecía indicar que no. El agente se quitó las gafas de sol y se acercó a la ventana justo en el momento en que el avión se detenía.

Un rumor lleno de incertidumbre se adueñó de los pasajeros. La mayoría de ellos, extrañados, interrogaron a las azafatas sobre lo que estaba ocurriendo sin obtener más respuesta que un encogimiento de hombros.

—Les habla el capitán —dijo una voz por megafonía—. Al parecer ha habido un malentendido con uno de los pasajeros. Rogamos que disculpen las molestias. En breves instantes procederemos con el despegue.

Todo quedó en silencio durante unos momentos. Úrsula miró a la otra punta del pasillo y vio como cinco militares irrumpían en el avión y avanzaban a la otra punta del pasillo examinando con la mirada a todos los pasajeros. Llevaban ametralladoras colgadas en la espalda, botas negras y trajes de camuflaje. Se movían entre las hileras de pasajeros observando a todo el mundo con expresión severa hasta que se detuvieron en la última fila, frente al agente King.

—La detenida debe venir con nosotros —anunció el primero tras efectuar un saludo militar.

—¿Quién lo ordena? —preguntó el agente King.

El militar se limitó a entregarle una hoja de papel, que el hombre estudió visiblemente asombrado.

—¿El presidente de Estados Unidos? —acertó a preguntar.

CAPÍTULO 20

«Los buitres revolotean a tu alrededor esperando un momento de debilidad para ocupar tu lugar...»

—El presidente es ahora mi amigo personal —aseguró el doctor Kubrick con una sonrisa—. Me ha bastado con una llamada para que detuviera la extradición...

Úrsula no podía negarlo. La intervención del anciano había sido decisiva y en aquellos momentos se sentía bastante impresionada con el poder de aquel hombre. La limusina en la que viajaban por las calles de Nueva York era tan larga como un autobús y estaba dotada de todo tipo de lujos. Había pantallas de televisión, una bañera de hidromasaje, varios ordenadores, una nevera y el asiento donde estaba sentada podía desplegarse hasta convertirse en una cama. Úrsula alucinaba con las impresionantes prestaciones de aquel vehículo.

—¿Te gusta? —le preguntó—. Me la compré para celebrar el acuerdo con el presidente...

La italiana asintió. Pese a haber estado detenida por la policía, había tenido la oportunidad de enterarse de los últimos acontecimientos por la prensa. A decir verdad, aún no tenía demasiado claro qué pensar sobre todo ello.

El doctor Kubrick abrió la nevera y sacó una botella de champán. La descorchó con un movimiento seco y el tapón salió disparado contra los cristales tintados de negro de una de las ventanas. La abundante espuma empezó a desparramarse por la tapicería de la limusina hasta que el doctor Kubrick logró llenar dos copas de cristal. Le ofreció una a Úrsula, que rehusó con un gesto de la mano.

—Vamos, mójate los labios por lo menos —insistió—. Tu rescate merece un brindis.

A regañadientes, Úrsula cogió la copa y brindó con el doctor Kubrick. Tomó un sorbo de champán, que encontró demasiado fuerte, y dejó la bebida aparte.

A través de la ventana vio a un sintecho harapiento hurgando entre los desechos de un contenedor. Aquella limusina era tan lujosa que casi se avergonzaba de viajar en ella.

—¿Es verdad que vas a ser el hombre más rico del mundo?

—¿Acaso no lo parezco? —replicó colocando los pies encima de una mesilla y agitando suavemente la copa de champán—. Las cosas empiezan a ir bien y no solo para mi bolsillo. Mi empresa Green World Corporation va a detener el cambio climático... Y todo ello gracias a la Joya de Alejandro Magno, y todo gracias a ti, Úrsula... No te podías ni imaginar que esa piedrecita podría resultar tan productiva, ¿eh?

—Sé que puede generar un gas muy letal... —le recordó Úrsula.

—Un pequeño inconveniente para un gran beneficio —respondió el doctor Kubrick—. Almacenaremos el gas en un lugar seguro y no permitiremos que caiga en malas manos.

El anciano le dedicó una sonrisa confiada y apuró el contenido de la copa de un solo trago.

Media hora más tarde llegaban al fabuloso dúplex del doctor Kubrick, y el anciano acompañó a Úrsula hasta una de las habitaciones del piso.

—Puedes acomodarte aquí si te parece bien —le dijo justo antes de abrir la puerta.

Aquella habitación individual era más grande que el piso de Milán donde había crecido junto a sus padres, sus abuelos y sus cinco hermanos. Tenía un baño privado, una cama inmensa, una sala de juegos con pantallas de televisión gigantes y varias videoconsolas, armarios roperos repletos de ropa hasta el techo, un escritorio con tres ordenadores y una biblioteca con centenares de volúmenes.

—Claro que me parece bien —replicó Úrsula visiblemente impresionada.

—Era la habitación de Martin... —dijo el doctor Kubrick con un brillo nostálgico en la mirada—. ¿Sabes que los Escorpiones han tratado de intercambiar a mi nieto por el fragmento de meteora que me trajiste?

—¿Por qué te has negado? —le preguntó.

El anciano frunció el ceño y sus pobladas cejas se arquearon bajo la amplia frente.

—No tenía alternativa —aseguró—. No podía permitir que la meteora acabara en manos de los Escorpiones. Su líder es un lunático y un enfermo mental. Arriesgar el destino de la humanidad para recuperar a mi nieto hubiera sido un acto de egoísmo inaceptable...

Tras un suspiro lleno de agotamiento, el magnate le dio la espalda dispuesto a abandonar el dormitorio.

—Hablaremos de lo ocurrido en mi despacho. Sabes dónde está, ¿verdad?

—Claro —repuso Úrsula.

Había estado allí tratando de robar unos documentos secretos hacía solo unos días.

Unos minutos después ya estaban sentados el uno frente al otro, cara a cara. El semblante del doctor Kubrick había abandonado la mirada triste del abuelo que echaba de menos a su nieto, y la había sustituido por un rostro tenso e incisivo, lleno de seguridad.

—¿Quién fue el idiota que rompió el jarrón contra tu cabeza?

—Moorcock —contestó Úrsula.

—Ese cretino destruyó quinientos años de historia para dejarte inconsciente —masculló—. Ese jarrón chino de la dinastía Ming me costó varios millones de dólares...

Úrsula se encogió de hombros. Ella se había limitado a obedecer órdenes y optó por contarle al doctor Kubrick todo lo que había ocurrido. La situación era tan rocambolesca que aún no había sacado ninguna conclusión al respecto. El anciano la escuchó atentamente sin dejar de acariciarse su canosa perilla hasta que finalmente efectuó su veredicto.

—Lo más difícil no es subir, sino mantenerse arriba, joven Úrsula —dijo el doctor—. Cuando tú eres el que ostenta el poder tienes que ir con mucho cuidado. Los buitres revolotean a tu alrededor esperando un momento de debilidad para ocupar tu lugar...

—¿Qué quieres decir?

—Que Asimov es uno de esos buitres —aseguró.

CAPÍTULO 21

«¿Dónde está Úrsula?»

La felicidad y Sergei Asimov eran dos conceptos completamente antagónicos. Quentin no esperaba verlo pegar saltos de alegría, pero aspiraba a recibir alguna felicitación por el éxito en la misión. En lugar de eso, el jefe de estudios le quitó de las manos la visión del Profeta Howard y la leyó y releyó durante un buen rato, en completo silencio.

A su lado, de pie en la sala del aeropuerto llena de trastos viejos, se encontraba Moorcock. Parecía tan nervioso y tenso como él, paseando arriba y abajo, y rascándose enérgicamente la cabeza, como si tuviera una colonia de piojos viviendo en su mata de pelo rubio.

—Era eso lo que querías, ¿no? —preguntó Quentin.

—El documento es correcto —dijo—. Reconozco perfectamente la letra y el estilo del autor...

El jefe de estudios dobló cuidadosamente la hoja de papel y se la guardó en el interior del uniforme. A continuación se levantó de la silla y les dio la espalda.

—¿Dónde está Úrsula? —preguntó con voz glacial.

Quentin intercambió una mirada asustada con Moorcock y tragó saliva con dificultad. Había ensayado mentalmente decenas de veces el discurso que estaba a punto de soltar y agradeció que el jefe de estudios no estuviera mirándolo fijamente con aquel ojo de hielo que tan nervioso le ponía.

—Úrsula se pasó de la raya —empezó a decir Quentin—. Todo el día estaba criticándote. Que si Asimov esto, que si Asimov lo otro, que los alumnos del fuego no valéis para nada, que...

—Ya vale —le cortó Asimov, y esa vez se giró hacia los dos—. La pregunta es sencilla: ¿dónde está Úrsula?

—Descubrió que estábamos robando al doctor Kubrick y se puso histérica —mintió Quentin—. Empezó a decir que se lo contaría a todos, que el director era intocable, incluso quería llamar a la poli...

—¿Y qué hicisteis?

El jefe de estudios se había cruzado de brazos y los miraba fijamente.

—Decidimos noquearla y la atamos allí mismo para que la policía la encontrara —contestó bajando la mirada—. Estamos seguros de que la tomarán por una ladrona y la mandarán a Turquía. Allí está en busca y captura... Ella misma nos lo contó...

De repente Asimov empezó a aplaudirles, pero estaba tan serio que aquello no parecía una felicitación sino más bien lo contrario.

—Error, craso error —sentenció—. La policía le contará al doctor Kubrick que han encontrado a uno de los ladrones en su casa y él querrá saber de quién se trata. Con tanto dinero, tanto poder y tantos contactos no le costará mucho poner en libertad a Úrsula y escuchará de primera mano que tanto yo como los miembros del equipo del fuego somos unos traidores. ¿Sabéis qué va a ocurrir ahora?

Quentin empalideció. Parecía un buen razonamiento y se avergonzó por su falta de previsión.

—El doctor Kubrick vendrá aquí acompañado de Úrsula —continuó Asimov—. Lo primero que hará será expulsarme de la isla, eso si no se decide por algo peor. Lo segundo será colocar a Úrsula como líder de la Secret Academy. Y lo tercero castigar a todos los miembros del equipo del fuego por la traición.

—¿Y no podemos hacer nada para detenerlo? —la voz de Quentin sonó desesperada.

—Solo una cosa —repuso Asimov.

Se colocó el dedo índice en un extremo del cuello y lo deslizó hasta el otro lado, imitando un degollamiento.

CAPÍTULO 22

«¿Habéis visto ya quién manda?»

Rowling estaba sentada con la espalda apoyada contra el tronco de un abedul saboreando el momento. La sensación era tan agradable que tenía los ojos cerrados mientras el sol, que había encontrado una fisura entre las nubes, acariciaba su rostro pálido y pecoso. De fondo solo le llegaban los ruidos musicales que emanaban del lago y el bosque, y los bruscos y poderosos hachazos de Murat, que cortaba leña a pocos metros.

Un fuerte portazo la indujo a abrir los ojos de sopetón, algo sobresaltada. En el porche, frente a la entrada, se encontraba Martin, algo despeinado y con los ojos chispeantes abiertos de par en par. Se notaba que iba acelerado, como si se hubiese tomado diez cafés tras dormir doce horas de un tirón.

—¿Aún te crees más fuerte que yo, Pajarraco?

Se sintió aliviada al ver que Martin se dirigía a Murat y no a ella. Su tono era claramente hostil, agresivo.

—No te recomiendo que sigas insultándome —repuso Murat blandiendo el hacha—. ¿Acaso no ves lo que tengo en la mano?

A Martin no pareció importarle lo más mínimo. Bajó los escalones de madera de la casa y se dirigió hacia Murat, que fue a su encuentro con el hacha en la mano. El Escorpión, como de costumbre, no llevaba camiseta y lucía su torso musculoso y bronceado. Su nariz en forma de pico de águila, que le había valido el mote de Pajarraco, le daba un aire de ave rapaz. Con un movimiento rápido, lanzó el hacha, que se clavó contra el tronco de un árbol justo en el momento en que Aldous y Virginia aparecían en el porche jadeando.

—¡¿Qué ocurre?! —gritó Aldous, alarmado.

Ambos contendientes, Murat y Martin, habían adoptado la posición de guardia de combate y se miraban a los ojos, preparados para actuar en cualquier momento. La pelea parecía inminente.

—Esta vez estamos en igualdad de condiciones, Pajarraco —mascculló Martin, sin parar de girar alrededor de su rival.

Rowling no entendió a qué se refería, pues no había vuelto a ver a Martin desde que lo había encontrado sumido en una pesadilla tras inyectarse meteora líquida. El resultado era un Martin más soberbio y agresivo que nunca, y se preguntó si no habría sido una pésima idea darle meteora.

—Cuando quie...

Murat no acabó la frase porque una fulminante patada le golpeó de lleno en la boca. El movimiento había sido tan rápido que Rowling apenas había sido capaz de verlo, pero el impacto se había producido. Murat escupió sangre en el suelo y, por primera vez, Rowling vio miedo en aquellos ojos de depredador. Asustado, el Escorpión trató de contraatacar, pero Martin detuvo todos sus puñetazos y patadas con movimientos eléctricos, hasta que le agarró por un brazo, lo desequilibró y lo hizo volar por los aires con una llave de yudo. Una vez en el suelo, Martin le retorció el brazo y lo obligó a ponerse en pie. Casi arrastrándolo, lo llevó hasta el lago y, una vez en la orilla, lanzó su cuerpo al agua con suma facilidad. El cuerpo de Murat parecía un maniquí de plástico cuando se sumergió bruscamente en las frías aguas.

—¿Habéis visto ya quién manda? —preguntó Martin mirándolos a todos—. Os quiero en la biblioteca dentro de media hora.

Sin esperar respuesta, regresó sobre sus pasos y se encaminó al interior de la casa. Rowling se había quedado sin palabras. Miró a Murat y vio como el Escorpión salía del agua con la respiración entrecortada y un aire inseguro que nunca antes había percibido en él.

Martin, sentado en un extremo de la mesa, presidía la reunión. La posición de su cuerpo denotaba firmeza y seguridad en sí mismo. Tenía la espalda derecha, las manos apoyadas en las rodillas y la mirada plana, con las cejas completamente alineadas.

—Una retirada a tiempo es una victoria —soltó—. Llevo varias semanas negando lo que es evidente: mi abuelo está completamente perdido y está utilizando la meteora de un modo tan estúpido como temerario.

Rowling se había sentado a su lado, pero sentía que les separaban kilómetros de distancia. Martin siempre había sido un chico arrogante y soberbio, pero en aquel momento casi parecía otra persona. Había tanta determinación en su voz que todos estaban completamente callados, pendientes de lo que tuviera que decirles. Incluso el Profeta Howard, presente en la reunión, se había colocado en un segundo término, con las gafas de sol puestas y sin pronunciar una sola palabra.

—Probablemente ya os habréis dado cuenta —continuó Martin—. Acabo de recibir mi segunda inyección de meteora y de repente todo es claro y diáfano.

Sin proponérselo, los ojos de Rowling se posaron en Murat. El Escorpión no parecía estar por la labor de disputar el liderazgo de Martin y escuchaba en silencio, con la mirada perdida en la mesa de madera.

—Mi abuelo está malgastando la piedra de meteora para ganar dinero, en lugar de reservar el mineral para nosotros, los elegidos. Es así de sencillo: el doctor Kubrick cree que el poder del dinero es superior al poder de meteora. Y se equivoca... Somos nosotros, los elegidos, los que estamos destinados a salvar a la humanidad.

—¿Y cómo vamos a lograrlo? —preguntó Aldous adelantándose a los demás.

—Aún no lo sé —contestó Martin—. Pero si no actuamos con presteza, va a ser demasiado tarde... Estos bosques de Laponia son muy bonitos, pero no podemos quedarnos aquí escondidos leyendo libros en la biblioteca y calentándonos las manos en la chimenea.

Rowling apenas daba crédito a lo que estaba escuchando. Martin había pasado del negro al blanco en unas pocas horas. El mayor valedor de la Secret Academy se había convertido en un líder para los Escorpiones. Rowling todavía no había digerido la facilidad con la que Martin había derrotado a Murat, pero estaba segura de que se debía a aquella segunda inyección del mineral. «¿Cuánto tiempo tardaría en recuperar mi dedo meñique si me inyectara meteora por segunda vez?», se preguntó.

—Viajaré a Estados Unidos y haré todo lo que esté en mi mano para detener al doctor Kubrick y frustrar su plan para dominar el mundo —prometió Martin levantándose de la silla—. Iré solo o acompañado, pero iré en cualquier caso. Durante los próximos días prepararé la misión con ahínco. ¿Quién de vosotros va a ayudarme?

Aldous fue el primero en levantarse, presto como un perro que acabara de escuchar su nombre en boca del amo. Ante la sorpresa de Rowling, Murat fue el segundo, y Virginia, con pinta de estar bastante asustada, fue la tercera. De repente todas las miradas estaban fijas en ella, pendientes de que tomara partido.

Mil pensamientos cruzaron por su mente en una fracción de segundo. No sentía ninguna fidelidad hacia ninguno de los dos bandos, y ni siquiera estaba segura de cuál de los dos llevaba razón. Lo que estaba claro era que aquella misión planeada por Martin tal vez sería decisiva y Rowling no podía permitirse el lujo de quedarse al margen de los acontecimientos.

—Yo también participaré —reaccionó finalmente—. Por algo me tatué el escorpión, ¿no creéis?

Martin la miró con satisfacción, pero fue el Profeta Howard quien contestó. Sacó el fragmento de meteora y dejó que su poderosa luz alumbrara sus rostros.

—Poco significa ese tatuaje, querida Rowling —replicó—. Tu pertenencia a los Escorpiones quedará confirmada en cuanto solicites la segunda inyección. Entonces cualquier duda quedará difuminada para siempre.

CAPÍTULO 23

«El problema es que Quentin le besa el culo a Asimov.»

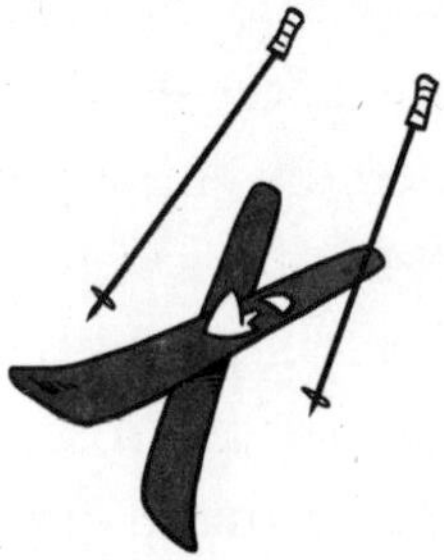

Lucas casi había olvidado aquella sensación tan poderosa. Se sentía fuerte como un toro y tan ágil como un guepardo, con una arrolladora energía recorriéndole los nervios del cuerpo. La última vez que se había conectado a la academia virtual se había inyectado meteora líquida y, curiosamente, el efecto aún le duraba. Tan solo aparecer en el patio interior ya había notado la increíble diferencia. Su equilibrio era perfecto y coordinaba sus movimientos con suma facilidad. De hecho, estaba completamente seguro de que nunca, ni tan siquiera antes de caer en coma, se había encontrado tan bien como en aquel instante.

«Es el poder de la meteora», recordó Lucas.

No disponía de demasiado tiempo. Si los horarios en la Secret Academy no habían cambiado, en breves minutos todos sus compañeros empezarían a conectarse a la academia virtual y no quería que ningún alumno del equipo del fuego le encontrara allí. Se puso en pie de un salto y corrió hacia uno de los edificios que rodeaban el patio interior. Subió la empinada escalera sorteando ágilmente los peldaños y no se detuvo hasta llegar al tercer piso. Tras el ejercicio, ni su corazón ni su respiración parecían haberse acelerado lo más mínimo, y Lucas se apresuró a esconderse entre las sombras de uno de los pasillos. En aquella planta, de aspecto sucio y abandonado, todas las puertas tenían el mismo letrero: PROGRAMA EN CONSTRUCCIÓN. Desde allí tenía una perspectiva privilegiada del imponente castaño que se alzaba en el centro del patio interior. El lugar era perfecto para su objetivo, porque estaba bien escondido y, además, podría ver a todos los alumnos que entraban en la academia virtual.

Una vez más, Lucas tenía que agradecer a Neal Stephenson su apoyo. El informático había conseguido un artilugio portátil que le permitía conectarse a la academia virtual desde cualquier lugar. Al parecer había logrado llevárselo del centro donde trabajaban los científicos de la isla sin que nadie se diera cuenta y lo había llevado a casa. Por primera vez en mucho tiempo, Lucas había sentido que por fin tenía una ligera ventaja con respecto a sus enemigos.

Tras unos minutos de espera, los ojos de Lucas divisaron a los primeros compañeros que se conectaban a la academia virtual. En los peores momentos de reclusión en aquel húmedo zulo había temido no volver a verlos nunca más y se emocionó un poco al ver a algunos de los chicos y chicas a los que consideraba sus amigos. Tolkien seguía estando delgado como un palillo, el pelo de Margared, peinado a lo afro, continuaba siendo hermoso y llamativo a partes iguales, y las gemelas Laura Borges y Julia Cortázar eran como dos gotas de agua que solo se distinguían por los respectivos colores blanco y azul de sus uniformes. En cuanto a los miembros del equipo del fuego, como Christie, Daishell, Moorcock y sobre todo Quentin, Lucas no tuvo los mismos gratos recuerdos. Instintivamente, se escondió aún más en cuanto vio aparecer aquellos uniformes de color carmesí.

Tras unos minutos, Salgari apareció en el patio central de la academia virtual. «Puedes confiar en él», le había dicho Úrsula, y Lucas había decidido que solo se daría a conocer ante aquel compañero. Le siguió con la mirada hasta que vio su uniforme marrón de la tierra entrar en el programa de «Alpinismo». La puerta se encontraba en el edificio de enfrente y Lucas trató de llegar hasta allí rodeándolo discretamente desde la tercera planta.

Pese a haber reaccionado con celeridad, cuando Lucas cruzó la puerta del programa ya no había rastro de Salgari. Una pantalla flotante le invitó a participar en decenas de modalidades diferentes de alpinismo. Lucas investigó en el programa hasta averiguar que Salgari había escogido un entrenamiento de esquí de fondo. Sin pensárselo, se apresuró a seguir los pasos de su compañero.

En un instante, Lucas apareció en un paisaje gélido, rodeado por montañas cubiertas de nieve. Pese a que iba bien equipado, con pasamontañas y gafas de sol, notó el fuerte frío calándole los huesos. Como la nieve era virgen no le costó lo más mínimo encontrar el rastro de los esquís de su compañero y se lanzó en su persecución.

—¡Salgari! —gritó Lucas, y trató de avanzar a buen ritmo para alcanzarlo.

Por suerte, su compañero pareció haber escuchado su voz porque, al rodear una pendiente, lo encontró parado, buscando de dónde venía la llamada.

—¡Salgari! —volvió a gritar Lucas saludándolo con la mano.

El chico se giró hacia él, y lo esperó con los palos clavados en el suelo y las gafas de sol en la mano. Tal vez fuera porque el sol le daba en la cara, pero tenía una mueca llena de desconfianza en el rostro mientras Lucas seguía acercándose hacia él.

«Ni tan siquiera se alegra de verme», pensó Lucas con tristeza.

—¿Quién eres? —le preguntó.

Entonces Lucas se dio cuenta de que llevaba tanta ropa encima que su aspecto era completamente irreconocible. Se quitó las gafas de sol y el pasamontañas, y esperó la reacción de Salgari.

—La madre que... —consiguió murmurar—. ¡¿Eres tú, Lucas?! ¿O estoy viendo visiones?

—Soy yo —sonrió.

Salgari se quitó los esquís y le dio un fuerte abrazo.

—¿Cómo puedes estar tan bien? —le preguntó.

—No es gracias a Asimov, eso seguro —replicó Lucas—. Es una historia muy larga que por el momento puede esperar...

La sonrisa de Salgari se transformó en un rictus de preocupación.

—¿Qué está ocurriendo, Lucas? —le preguntó—. Desapareciste sin decirnos nada. Y Úrsula también. Al parecer se fue en una misión con Quentin y Moorcock, pero ella no ha regresado...

Aquella era decididamente una mala noticia. Sin Úrsula a su lado, Lucas se sentía más débil y vulnerable, y no estaba nada seguro de que los demás compañeros le quisieran prestar apoyo.

—Hay mucho que contar, Salgari —dijo Lucas—. Tenemos que organizar una reunión secreta. Necesito que los reúnas a todos aquí, en la academia virtual. Bueno, ya sabes, a todos menos a los del fuego.

El programa se llamaba «Juego de manos» y aquella era la primera vez que Lucas se conectaba a él. La sala estaba en penumbra, pero el rumor de voces era considerable cuando Lucas entró. Un breve vistazo le bastó para darse cuenta de que Salgari había hecho un excelente trabajo. Repartidos por las distintas mesas de cristal había chicos y chicas ataviados con los uniformes blancos del viento, los marrones de la tierra y los azules del agua. Salvo Úrsula, Rowling y los miembros del equipo del fuego, no había ninguna ausencia.

En cuanto apareció, Lucas se dio cuenta de que todos se quedaban pasmados. Orwell se había quedado literalmente con la boca abierta y Margared lo miraba alucinada, sin pestañear.

—¿Qué os pasa? —los saludó Lucas—. Estuve a punto de morir, pero no soy ningún fantasma...

Su sonrisa pareció hacerles reaccionar y todos empezaron a levantarse de las sillas para estrecharle la mano, abrazarlo y coserlo a preguntas: «¿Cómo te has conectado?», «¿Estás viviendo en Barcelona?», «¿Cómo es posible que te hayas recuperado tan rápido?».

Lucas intentó contener su curiosidad.

—Poco a poco —les pidió—. Vamos a sentarnos y así podremos hablar de todo...

Pese a que en la sala había un pequeño escenario muy bien iluminado, Lucas optó por juntar unas cuantas mesas hasta formar un círculo. Cuando todos estuvieron sentados, Lucas tomó la palabra.

—Solo mentiras —empezó—. Desde que encontramos aquel «caramelo» del doctor Kubrick solo nos han contado mentiras... He descubierto algunas cosas y creo que tenéis todo el derecho del mundo a conocerlas.

El silencio que se produjo a continuación casi rozaba la solemnidad. Todos se quedaron callados, atentos a las palabras de Lucas y solo reaccionaban cuando la narración tocaba algún tema sensible. Las interrupciones, y alguna que otra maldición o gesto de incredulidad, fueron habituales, pero Lucas pudo completar todas sus explicaciones y deducciones bajo un respetuoso silencio. Les habló de meteora y explicó con todo lujo de detalles cómo Asimov lo había encerrado en un zulo para que no revelara todo lo que había descubierto. También les habló de la doctora Shelley y de cómo los miembros del equipo del fuego la habían encerrado en el zulo contiguo al de él.

Al terminar dejó que todos expresaran su opinión y un gran debate se formó alrededor de la mesa. Todos estaban de acuerdo en que el comportamiento de Asimov era inaceptable y que Quentin y los miembros del equipo del fuego solo querían contentar al jefe de estudios, ignorando sistemáticamente a todos sus compañeros. Sin embargo, muchos de ellos no se sentían con fuerzas para desafiar a la autoridad.

—Todo esto es muy injusto —dijo Chandler—. Pero ¿qué podemos hacer? Solo somos unos cuantos niños encerrados en una isla...

—Lucas fue muy valiente al desafiar a Asimov —recordó Akira—. Pero tiene suerte de seguir vivo. ¿No nos ocurrirá lo mismo a nosotros si nos enfrentamos a él?

—El problema es que Quentin le besa el culo a Asimov —protestó Salgari—. Es el peor líder que podemos tener.

Casi todos hablaban al mismo tiempo, compartiendo las mismas impresiones. Lucas se dio cuenta de que allí nadie amaba ni a Asimov ni a los miembros del equipo del fuego, pero que, a la vez, tenían miedo a enfrentarse a ellos.

—Tú nos has reunido aquí, Lucas —intervino Herbert, del equipo del agua—. ¿Qué piensas de todo esto?

Todo el mundo volvió a callarse y las miradas se clavaron en él de nuevo.

—No debemos temer a Asimov, sino todo lo contrario. Se atrevió conmigo porque estaba solo y tullido, pero si vamos juntos haciendo piña nada podrá contra nosotros —reflexionó—. Tal vez seamos niños, pero no somos idiotas. Tenemos derecho a saber la verdad y a tomar nuestras propias decisiones.

Hubieron varios gestos de aprobación y miradas de complicidad.

—¿Algún plan, Lucas? —insistió Herbert.

Lucas, pensativo, se frotó el mentón mientras sus ojos castaños recorrían los rostros atentos de sus compañeros.

—Quentin es nuestro líder, pero está totalmente controlado por Asimov. Es un completo estúpido, aunque lo peor de todo es que ni nos protege ni nos representa...

—¿Piensas echarlo? —sugirió Margared.

Lucas asintió.

—Nunca debería haber sido nuestro líder. A Quentin lo eligió Martin a dedo; y a Martin lo eligieron el doctor Kubrick y Asimov tras unas pruebas y unos exámenes que ellos mismos se inventaron...

Lucas notó que todos lo escuchaban atentamente.

—Ahora tenemos un líder que nos miente y nos controla, pero nosotros necesitamos un líder que nos proteja y nos represente...

—Pero ¿cómo? —se quejó Orwell—. ¿Cómo conseguimos eso?

—Con democracia —replicó Lucas—. Tenemos derecho a decidir a nuestro líder. Propondremos una votación y el candidato con mayor número de votos ocupará el cargo. Es así de fácil, chicos. Solo tenemos que estar juntos.

—Se me ocurre el candidato perfecto —intervino Orwell—. ¿Qué os parece Lucas?

A su alrededor vio gestos de asentimiento y rostros convencidos. Sus compañeros le instaron a asumir la responsabilidad y prometieron apoyarle en todo momento.

—Me halagáis, chicos, pero antes quiero que sepáis lo que pienso hacer si soy elegido líder. —Lucas se detuvo para mirar a los ojos a todos sus compañeros y prosiguió su discurso con inalterable seguridad—. Tengo la intención de liberar a la doctora Shelley y devolverla junto a su marido. Y después expulsaré a Sergei Asimov de la Secret Academy y le obligaré a abandonar la isla Fénix.

Por un momento Lucas pensó que había ido demasiado lejos. Sus amigos se quedaron en silencio, como si reflexionaran sobre sus palabras.

El primero en levantarse fue Salgari.

—¡Te apoyaré hasta el final, Lucas!

—¡Y yo! —añadió Herbert.

—¡Y yo! —saltó Chandler.

Todos fueron levantándose de sus asientos y se acercaron a él para prestarle apoyo y ánimos.

CAPÍTULO 24

«¿Acaso el muy idiota se ha enfadado por unas Coca-Cola?»

Aldous caminaba a su lado arrastrando una pequeña maleta con ruedas. De vez en cuando se giraba hacia los demás para pedirles que acelerasen el paso, pero estaba pendiente de Martin con una actitud tan solícita como despreciable.

—Voy un momento al baño —le dijo Martin.

—Puedo aguantarte la mochila, si quieres...

Martin negó con la cabeza. Aquel comportamiento amable resultaba tan falso como forzado y tenía ganas de echarle en cara su actitud durante los últimos meses. Aldous había sido su mano derecha hasta que Murat lo sedujo con su poder y no había tratado de recuperar su antigua relación hasta hacía unos pocos días, justo en el preciso instante en que Martin había derrotado a Murat en un combate singular y se había erguido como el nuevo líder de los Escorpiones.

«Va hacia donde sopla el viento», pensó Martin mientras abría la puerta del aseo. Vació la vejiga, se lavó las manos con jabón y se limpió la cara para estar bien despejado. El viaje en avión desde Helsinki hasta Los Ángeles había sido muy largo y, a diferencia de sus compañeros, él no había pegado ojo durante ni un minuto. De hecho, desde que se había inyectado meteora había tenido muchos problemas para dormir. Al principio le angustiaba aquella sensación, pero pronto se dio cuenta de que no necesitaba dormir más de tres o cuatro horas diarias para encontrarse en plenas facultades.

Cuando salió afuera todos los miembros del equipo le esperaban cargados con maletas y mochilas. Murat, Rowling y Aldous habían decidido acompañarlo, mientras que Virginia, con pocas aptitudes para la acción, había optado por quedarse en la casa del lago.

—Vamos, la Muleta ya debe de estar esperándonos —les dijo, y siguió caminando por el ajetreado aeropuerto.

La «Muleta» era el contacto Escorpión que debían encontrar en Los Ángeles para que les ayudara a sortear los impedimentos legales que pudieran surgir durante la misión. Les gustase o no, necesitaban un adulto para que se hiciera pasar por su tutor legal y así no levantar sospechas. Martin no sabía si sería un hombre o una mujer, y todavía no tenía claro cómo lo reconocerían.

Avanzaron entre centenares de pasajeros bajo el fuerte aire acondicionado y cruzaron los controles de seguridad mostrando a los policías la documentación falsa que el Profeta

Howard les había proporcionado. Sin incidente alguno, llegaron hasta la salida donde les aguardaba la Muleta. Era una mujer de unos veinticinco años, con una gorra en la cabeza y una melena rubia recogida en una cola de caballo. Vestía camiseta y pantalón corto, y sujetaba con ambas manos un gran cartel que no dejaba ninguna duda sobre su identidad:

Martin arqueó las cejas con recelo, incapaz de creer que su contacto fuera tan indiscreto. Miró a su alrededor y vio a un par de hombres pendientes de ella, aunque parecían más interesados en sus voluptuosos atributos que en detectar a un agente Escorpión.

—¿Es esa? —preguntó Rowling, extrañada.

—Vayamos a comprobarlo —respondió.

Fue hacia la mujer y la saludó con la mano. Ella esbozó una sonrisa de oreja a oreja y bajó el cartel que sujetaba con ambas manos, inclinándose hacia delante. La ceñida camiseta le definía bien los generosos pechos y su estrecha cintura contrastaba con las anchas caderas.

—¡Hola, chicos! —saludó efusivamente—. ¿Sois los Escorpiones? ¿Los jugadores de béisbol?

¡BIENVENIDOS,
ESCORPIONES!

La duda se formó en el semblante de Martin. ¿Y si aquello no era más que una extraña coincidencia?

La mujer se inclinó hacia él con una sonrisa y bajó la voz hasta convertirla en un susurro que solo él pudo oír.

—Jugáis en el equipo de los Escorpiones y os enfrentáis a la Secret Academy, ¿a que sí?

La Muleta se llamaba miss Highsmith y había ido a recogerlos al aeropuerto de Los Ángeles con una furgoneta pintada con flores de colores llamativos entre los que destacaban el rosa, el amarillo y el verde. Montarse en aquel vehículo de aspecto sesentero le daba un poco de vergüenza, pero Martin ya había comprobado que los Escorpiones no tenían los mismos recursos que la Secret Academy. En lugar de disponer de un avión privado como el *Air Future*, tenían que viajar en clase turista, y el único contacto de la organización en California era aquella voluptuosa mujer con pinta de animadora.

Acomodados entre los asientos de la furgoneta, a Martin le había tocado viajar al lado de Aldous. Su compañía no le gustaba y tampoco le gustaba la emisora de música country que miss Highsmith había escogido para el viaje, pero lo peor de todo era el calor. El sofocante sol de California nada tenía que ver con el frío limpio de Finlandia y, como el aire condicionado estaba averiado, no tenían más remedio que soportar el molesto sudor.

—¿Qué hay dentro? —preguntó Aldous mientras la furgoneta empezaba a recorrer una autopista de varios carriles.

Martin se giró para mirar el maletero y vio las cajas apiladas en un rincón, junto a sus mochilas.

—Tenemos bates de béisbol, guantes, gorras y uniformes —replicó la conductora mirándolos a través del espejo retrovisor—. El equipo de béisbol será nuestra tapadera. Si alguien pregunta, diremos que estamos haciendo una gira por California con el objetivo de recolectar fondos para los pobres...

—Yo no he jugado nunca a béisbol —comentó Rowling.

—Ni yo —añadió Murat.

A Martin no le extrañaba. El béisbol no era un deporte demasiado popular ni en Turquía ni en Irlanda. En cambio, Aldous, al igual que él, seguro que también sabía jugar. Su compañero era compatriota suyo y antes de ingresar en la Secret Academy vivía cerca de allí junto a su familia.

Miss Highsmith les había advertido de que el trayecto sería largo y algunos de sus compañeros aprovecharon para echar una cabezadita. Martin pasó un buen rato mirando el paisaje a través de la ventana. Tras circular por las impresionantes autopistas de Los Ángeles, desembocaron en una solitaria carretera que cruzaba el desierto. La monotonía del árido paisaje se rompía de vez en cuando con la presencia de pequeños pueblos, alguna gasolinera y algún que otro restaurante.

Martin encontró un periódico viejo tirado por el suelo y lo recogió para echarle un vistazo. Tras hojearlo un poco, se fijó en una interesante noticia:

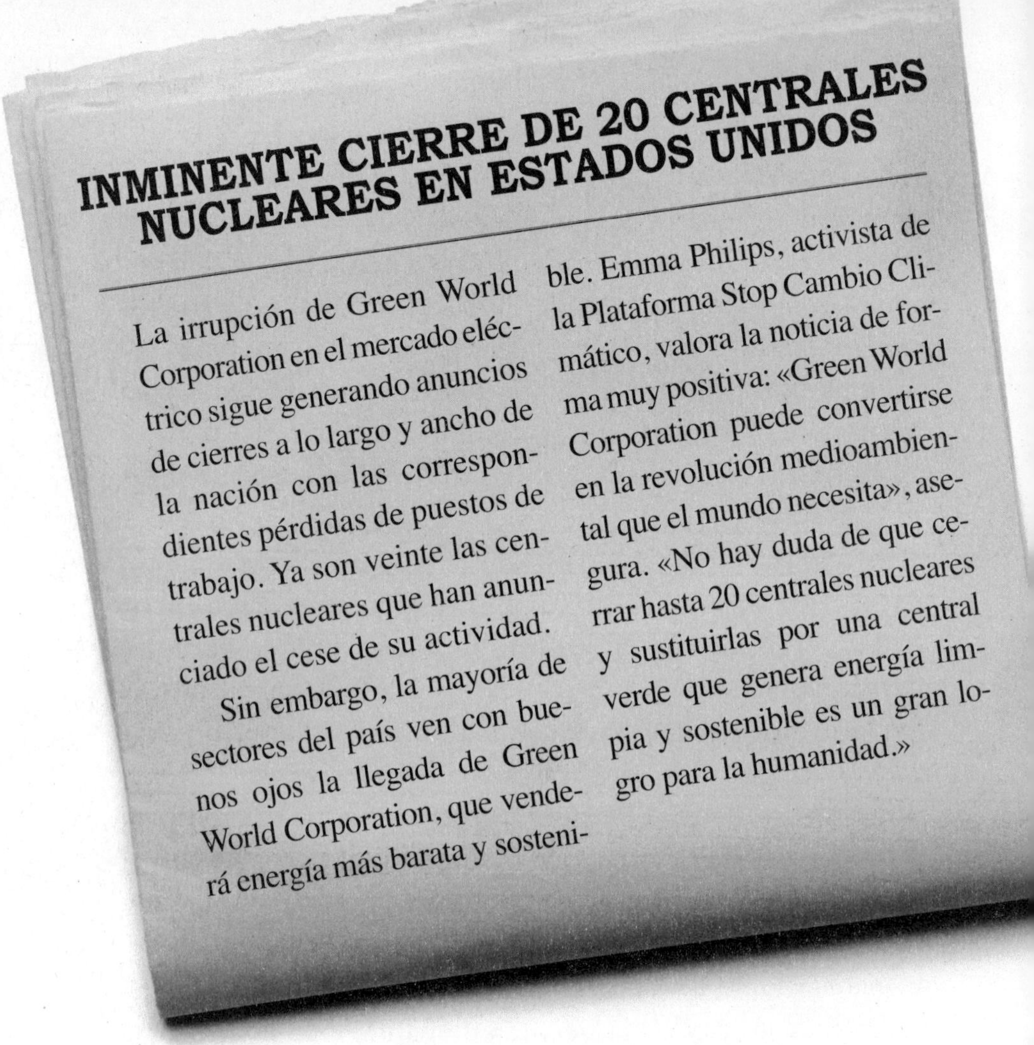

INMINENTE CIERRE DE 20 CENTRALES NUCLEARES EN ESTADOS UNIDOS

La irrupción de Green World Corporation en el mercado eléctrico sigue generando anuncios de cierres a lo largo y ancho de la nación con las correspondientes pérdidas de puestos de trabajo. Ya son veinte las centrales nucleares que han anunciado el cese de su actividad.

Sin embargo, la mayoría de sectores del país ven con buenos ojos la llegada de Green World Corporation, que venderá energía más barata y sostenible. Emma Philips, activista de la Plataforma Stop Cambio Climático, valora la noticia de forma muy positiva: «Green World Corporation puede convertirse en la revolución medioambiental que el mundo necesita», asegura. «No hay duda de que cerrar hasta 20 centrales nucleares y sustituirlas por una central verde que genera energía limpia y sostenible es un gran logro para la humanidad.»

Martin cerró el periódico. Aún no podía creerse que su abuelo hubiera sido capaz de engañar al mundo entero tan fácilmente. Las centrales nucleares ya empezaban a cerrar sin sospechar siquiera que Green World Corporation generaba gas de meteora, un residuo aún más tóxico y peligroso que el nuclear. Además, él había visto la pequeña Joya de Alejandro Magno con sus propios ojos y sabía que tarde o temprano aquella piedra se agotaría y dejaría al mundo con el mismo problema que antes.

La voz de miss Highsmith le sacó de sus reflexiones.

—Estamos a punto de llegar —les anunció.

Las torres eléctricas habían sido cada vez más visibles a medida que se acercaban, y cuando Martin miró por la ventana ya pudo ver el cartel blanco pintado con letras verdes que rezaba: GREEN WORLD CORPORATION. Rowling, Murat y Aldous pegaron sus caras contra los cristales de la furgoneta para no perder detalle de la impresionante construcción. Tras un imponente muro que rodeaba la central de meteora, había un aparcamiento lleno de coches. Algunos curiosos, con guitarras y pancartas pacifistas, habían acampado muy cerca, celebrando el evento con conciertos improvisados y juegos malabares.

Resultaba imposible ver la central por dentro porque el muro lo cubría todo, pero las altas torres eléctricas evidenciaban el poder de aquel lugar. Parecía evidente que su abuelo no había estado perdiendo el tiempo. Mientras él y Úrsula trataban de conseguir la Joya de Alejandro Magno, el doctor Kubrick ya debía de estar construyendo esa central y negociando con las autoridades políticas estadounidenses para conseguir permisos.

La furgoneta pasó de largo y siguieron avanzando por la solitaria carretera hasta que miss Highsmith se detuvo junto a un motel de carretera.

—Tenemos un par de habitaciones reservadas —les explicó.

Todos se habían reunido en la habitación triple que Martin compartía con los dos chicos para comer algo. Estaban sentados encima de aquellas camas con almohadas deformadas y sábanas gastadas por el prolongado uso. La habitación era muy humilde, con un pequeño televisor y un lavabo diminuto con una ducha de plato que no admitía baños, pero por lo menos no había moscas y el aire acondicionado refrescaba el ambiente.

Llamaron a la puerta y Murat entró cargando un par de bolsas de cartón que depositó encima de una de las mesillas que había entre las camas.

—Hamburguesas y patatas fritas —anunció.

Aldous examinó el contenido y arrugó la nariz.

—¿No hay Coca-Cola?

—He traído agua —le contestó Murat sin darle importancia.

Tal vez fuera la proximidad con la central de meteora, pero Aldous parecía nervioso, bastante más irritable de lo normal.

—Martin y yo hemos pedido Coca-Cola —le reprochó.

«A mí no me metas», pensó Martin, que no tenía intención de volver a pelearse con Murat. Tras la refriega, su relación con el turco se había tensado mucho y apenas se dirigían la palabra.

—Iré a por unas Coca-Cola... —anunció finalmente Aldous, y salió de la habitación como si el descuido de Murat le hubiera ofendido profundamente.

Esperaron su retorno durante un rato, pero al ver que no regresaba decidieron empezar a comerse las hamburguesas.

Cuando se las acabaron, Aldous todavía no había regresado a la habitación.

—No le habrá pasado nada malo, ¿no? —preguntó Rowling, tan extrañada como todos los demás.

Martin quería revisar unos planos de la central de meteora, pero decidió que lo más prudente era ir a por él. «¿Acaso el muy idiota se ha enfadado por unas Coca-Colas?». De mal humor, abandonó la habitación acompañado por Rowling y Murat. Salieron del motel y cruzaron el aparcamiento al aire libre en dirección a la hamburguesería que se encontraba a pocos metros.

—Alguien nos la ha jugado —dijo Murat.

Martin se giró para ver sus ojos de ave rapaz clavados en los bajos de la furgoneta. Era cierto. Una de las ruedas traseras del vehículo había sufrido un pinchazo y el neumático estaba completamente deshinchado.

—Estad atentos —les alertó Martin—. Alguien podría estar observándonos.

Inquietos, se acercaron a la furgoneta mirando a su alrededor. No parecía haber nadie sospechoso. Un par de mujeres esperaban el autobús en una parada, y un hombre se fumaba un cigarrillo en el exterior de la hamburguesería. Martin lo miró con desconfianza y se agachó ante la rueda trasera para examinarla de cerca. El trozo de cristal, que pertenecía a una botella rota, todavía estaba clavado en la goma del neumático.

—¿Quién habrá sido el malnacido? —se preguntó Martin apretando los puños.

—Creo que ya lo sé —replicó Rowling acercándose a él—. Lo he encontrado en el parabrisas de la furgoneta.

Martin cogió la nota, extrañado, y la leyó en voz alta:

Paso de los Escorpiones y de la Secret Academy. Me importáis todos un comino y no pienso quedarme con vosotros para que vuelvan a meterme en la cárcel o algo peor. Me voy para siempre. No intentéis encontrarme.

Aldous

Cuando Martin levantó la vista del papel vio que Murat ya se había puesto manos a la obra.

—Como mucho nos lleva media hora de ventaja —el turco ya tenía el gato en la mano y se disponía a poner la rueda de repuesto—. Seguro que intentará volver con sus padres. Si nos damos prisa, le pillaremos antes de que se haga de noche.

Martin negó con la cabeza.

—Ahora Aldous no es nuestra prioridad.

—¿Y si se va de la boca? ¿Y si acaba volviendo con la Secret Academy?

—Nada de eso es peor que darle otra noche de ventaja a mi abuelo —sentenció—. Cada minuto que pasa, el doctor Kubrick es más rico y la piedra de meteora más pequeña. Tenemos que hacerlo ya, esta misma noche. Nos colaremos en la central y cogeremos lo que nos pertenece.

CAPÍTULO 25

«Me temo que no lo has comprendido bien, jovencita…»

La isla Fénix, antigua y ancestral como los cimientos de la Tierra, se esconde entre las aguas del océano Atlántico y surca las olas majestuosamente, sin rumbo ni destino. Antes de que naciera, la humanidad ya flotaba por mares y océanos, y en su seno se levantaba el volcán, el punto de encuentro de meteora.

Reuníos, elegidos, los que lleváis meteora dentro, reuníos en la isla Fénix y esperad la llegada del meteorito.

PROFETA HOWARD

La limusina del doctor Kubrick cruzaba con impunidad la zona restringida del aeropuerto repleta de aviones y de personal autorizado, pero Úrsula estaba tan concentrada que ni siquiera había mirado a través de la ventana.

—¿Seguro que era esto lo que se llevaron? —preguntó confusa.

—Se llevaron el original, pero guardo copias de toda mi documentación. Esta fotocopia debe de tener unos trece años —explicó el doctor Kubrick—. Fue más o menos por aquel entonces cuando decidí buscar la isla, aunque me llevó casi un año encontrarla. Aún recuerdo cuando vi a lo lejos su silueta verde, dominada por el volcán. Martin solo era un bebé y yo lo sujetaba en brazos en la cubierta del barco...

Los ojos de Úrsula regresaron otra vez a la fotocopia en blanco y negro y, una vez más, releyeron la última frase: «Reuníos, elegidos, los que lleváis meteora dentro, reuníos en la isla Fénix y esperad la llegada del meteorito».

—¿Estamos esperando la llegada de un meteorito? —preguntó Úrsula.

—Ojalá —contestó el doctor Kubrick tomando otro sorbo de champán—. A la humanidad le vendría muy bien que cayese un meteorito de meteora. Con más mineral podría levantar centrales eléctricas en Europa, en Japón y en China. Green World Corporation podría abastecer de energía al mundo entero...

Sus ojos azules relucieron con destellos dorados cuando se reflejaron contra el champán de la copa. El doctor Kubrick no estaba borracho, pero aquella no era ni la primera ni la segunda copa que se tomaba durante el viaje. Arrastraba ligeramente las palabras y Úrsula tuvo la sensación de que charlaba sobre asuntos que hasta el momento había mantenido en total secreto.

—¿Quién es ese Profeta Howard? —preguntó.

—El líder de los Escorpiones y un chalado —replicó.

Úrsula notó que el tema le incomodaba por el modo en que arqueó las cejas. Era en momentos como ese cuando el parecido con su nieto se hacía más acusado.

—No estará tan chalado si todos vais detrás de sus visiones —objetó—. Por lo que he entendido, decidiste montar la Secret Academy en la isla por lo que pone en este papel. Y si Asimov quería robártelo es porque debe de tener algún valor, ¿me equivoco?

Debía de haber puesto el dedo en la llaga, porque el doctor Kubrick le dirigió una mirada asesina.

—¡Howard está chalado y punto! —Las manos le temblaban tanto que parte del contenido de la copa se le derramó encima de la camisa—. ¿Qué clase de monstruo inyectaría un mineral desconocido a tantos y tantos bebés?

Úrsula agachó la cabeza y guardó silencio durante unos instantes. Sin proponérselo, se encontró pensando en su familia. Hacía tanto tiempo que no hablaba con ellos que tenían que estar preocupados.

—Supongo que mis padres no sabían nada de todo esto...

—¿De la inyección de meteora? —preguntó el doctor Kubrick.

Úrsula asintió, pero en el acto se dio cuenta de que el asunto incomodaba al magnate.

—No me corresponde a mí hablarte de ello —contestó—. Mira, ya hemos llegado...

La limusina acababa de detenerse justo al lado de un avión de color blanco con unas letras rojas pintadas en la cola. *Air Future II*, leyó Úrsula, pero ante el inesperado rumbo de la conversación ni siquiera se permitió el lujo de sorprenderse.

—¿Lo sabían mis padres? —insistió—. ¿Sabían lo de meteora?

—Ya te he dicho que no es a mí a quien corresponde tener que...

—Dímelo —le cortó Úrsula, muy tensa—. Tengo derecho a saberlo.

El doctor Kubrick se aclaró la garganta y la miró a los ojos con una expresión llena de gravedad.

—No es una historia agradable y no quiero que te distraiga de las cosas importantes que tendrás que hacer en la isla, pero supongo que estás en tu derecho —le dijo—. Cuando naciste, tus padres estaban arruinados. Perdían mucho dinero con el taller mecánico, y el banco estaba a punto de quedarse con vuestro piso. Os habríais quedado en la calle si no fuera por Asimov. Ofreció una importante suma de dinero a tu familia a cambio de probar un medicamento contigo. Ese supuesto medicamento era meteora líquida y te la inyectaron con su autorización, aunque no tenían ni idea de lo que estaban haciendo con su hija, claro.

Se quedó anonadada. Quería pensar que todo aquello era mentira, pero ¿qué interés podía tener el doctor Kubrick en engañarla? La imagen de su padre recogiendo un sobre lleno de dinero de manos de Asimov acudió a su cerebro sin previo aviso. «No sabían lo peligroso que era», pensó Úrsula, pero aquel pensamiento no la consoló. De repente todas las fotografías de cuando era un bebé con sus padres y hermanos radiantes de felicidad le parecieron falsas. «Claro que estaban felices —pensó—. Se forraron a mi costa.»

Aún abrumada, vio cómo el doctor Kubrick salía de la limusina y lo siguió por pura inercia. El magnate contempló su nueva adquisición mientras los miembros de la tripulación dejaban caer una escalerilla para que los dos pudieran subir a bordo del *Air Future II*.

—Se me ocurrió comprar uno nuevo por si necesitábamos realizar varias misiones a la vez —dijo el doctor.

Úrsula, con la cabeza en otra parte, escuchó el motor de decenas de aviones y se quedó mirando el trazo que dejaba en el cielo uno de los aeroplanos que acababa de despegar.

Como una autómata, siguió los pasos del doctor Kubrick y entró en el avión. El interior era mucho más lujoso que el *Air Future I*, con diseños impropios de un aeroplano: mesas ovaladas, butacas giratorias y el suelo de mármol blanco, tan brillante que Úrsula podía ver su imagen reflejada en el suelo.

El anciano se sentó en una butaca y pulsó un par de botones. En el acto, el asiento se giró hacia Úrsula y el respaldo de los pies se inclinó hacia arriba un par de palmos.

—Tienes mi apoyo en lo de cambiar de líder —le dijo—. Está claro que si ese Quentin vino a mi casa a robarme no merece el puesto...

Úrsula asintió. No le había costado mucho convencerle de que Lucas era el más indicado para ocupar el puesto.

—También creo que el profesor Clarke sería ideal para sustituir a Asimov, ¿y tú?

Pese a que seguía sumida en sus pensamientos, se las arregló para asentir de nuevo. Por lo menos no todo eran malas noticias. Muy pronto se plantarían en la isla Fénix y le darían su merecido al jefe de estudios. Quería ver qué cara pondría cuando los encontrara juntos, a ella y a Lucas, con el apoyo incondicional del doctor Kubrick.

—¿Cuándo nos vamos? —preguntó.

—«Nos vamos» —repitió el doctor Kubrick, algo extrañado—. Me temo que no lo has comprendido bien, jovencita...

Se quedó de piedra, como si le hubieran vaciado encima un cubo de agua fría.

—¿Es que no vas a venir conmigo?

—¿Y toparme con Asimov cara a cara? ¿En su terreno? ¿Acaso crees que estoy loco?

El doctor Kubrick se levantó de la butaca, se acercó a ella y le dio un par de palmadas en la espalda.

—¡Buena suerte! —exclamó, y entonces se encaminó hacia la salida.

CAPÍTULO 26

«Tú no eres mi líder.»

Las puertas de cristal se abrieron de par en par al detectar su presencia, y Lucas entró en la Secret Academy sin titubear. Había realizado el trayecto desde la casa de Neal Stephenson a pie y bajo la lluvia. Su pelo oscuro, completamente empapado, parecía aún más negro de lo habitual. Se dirigió, decidido, a la entrada del comedor. No era la primera vez que tenía aquella sensación, pero cuando empujó la doble puerta se sintió como el protagonista de un wéstern dispuesto a entrar en la taberna del pueblo. Como en las películas, se produjo un silencio mortal mientras todos se giraban hacia él. Lucas interpretó sorpresa, esperanza e incluso miedo en los distintos rostros que lo observaban. Localizó a Asimov, presidiendo la larga mesa de madera en su asiento habitual, y fue capaz de disfrutar de su evidente estupefacción. Lo miraba con la boca abierta, aún incapaz de discernir si aquello era real o una visión.

—¿Decepcionado? —le preguntó con ironía Lucas—. Preferirías que fuera un vegetal, ¿verdad? O incluso que estuviera muerto...

Asimov pareció reaccionar finalmente y se levantó de la silla, acariciándose el mentón. Pese a su inquietante aspecto, su voz sonó sincera cuando habló.

—¿A qué vienen esos comentarios tan horribles? Sabes que para mí siempre serás un héroe...

Lucas, ataviado con su uniforme verde, sabía que tenía buen aspecto, pero su principal preocupación era parecer firme. Puso toda la concentración en su voz y soltó las palabras que había estado ensayando frente al espejo.

—¿Desde cuándo se retiene a los héroes en zulos oscuros? —Lucas se giró hacia los demás y dejó que sus ojos se cruzaran con los de sus compañeros, con los de los profesores e incluso con los de los miembros del equipo del fuego—. Este hombre me encerró en una celda para evitar que os contara su siniestro pasado como Escorpión. Sabe más de lo que cuenta, pero prefiere callar, tratarnos como si fuéramos unos estúpidos...

—Te he protegido desde que llegaste, Lucas... ¿Y cómo me lo pagas? —replicó Asimov yendo hacia él—. Con mentiras y falsas acusaciones...

—¿Niegas que fuiste un Escorpión? —le cortó bruscamente—. ¿Niegas que nos inyectaste meteora cuando éramos bebés? ¿Niegas que me encerraste en un zulo?

Su voz reverberó majestuosamente por todo el comedor mientras le aguantaba la mirada. Estaban el uno frente al otro, tan cerca que casi podía sentir su aliento. Lucas sabía que no podía retroceder ni un solo milímetro y trató de no parpadear y sostenerse firme ante aquel único ojo gélido, casi translúcido, que lo observaba fijamente.

Al final Asimov se giró hacia los demás y paseó entre las sillas ocupadas por los profesores y alumnos.

—Es muy triste, pero parece evidente que se ha vuelto loco —susurró—. Os pido que no tengáis en cuenta esta lamentable escena...

De reojo, vio la tensión en el auditorio. Lucas percibió dudas entre los compañeros que tenían que apoyarle, pero sobre todo entre los profesores, que parecían totalmente ajenos a aquella situación.

—No estoy loco, ni tan siquiera estoy tullido —aseguró Lucas—. Mi cuerpo se está regenerando gracias a la meteora que tú me inyectaste, Asimov. ¿O es que alguien puede explicar cómo he conseguido recuperarme tan rápido?

Todos los rostros se fijaron en él, y Lucas aprovechó que era el foco de atención para seguir con el discurso.

—He venido para exigir un trato decente para mí y para mis compañeros —discurseó—. Queremos saber la verdad y queremos el derecho a decidir por nosotros mismos...

—¿Por qué no vamos a mi despacho y tratamos de resolver nuestras diferencias en privado? —propuso Asimov.

Lucas ni lo miró. En lugar de eso, fijó la vista sobre Quentin y lo señaló con el dedo índice.

—Seguro que no eres mala persona, Quentin, pero te has convertido en un muñeco en manos de Asimov y has participado en maquinaciones repulsivas. Quiero una votación, una votación que nos permita sustituirte...

—¡Martin me designó como líder! —se quejó levantándose de la silla.

—Ya, pero nadie te ha votado —le recordó Lucas—. Solo pido democracia...

La duda se reflejó en el semblante de Quentin, que no acertó a pronunciar ni una sola palabra.

—¡Tú no eres mi líder! —concluyó Lucas antes de que pudiera reaccionar.

—¡Ni el mío! —gritó Salgari.

Orwell, a su lado, también se levantó.

—¡Queremos votar a nuestro líder! —gritó Margared, exasperada.

Las chicas del equipo del viento también se posicionaron a favor de Lucas, poniéndose en pie.

De reojo, Lucas vio a Asimov cruzado de brazos, frotándose la mandíbula con la mano derecha, mientras que Moorcock, Daishell y Quentin, visiblemente alarmados, se cuchicheaban palabras al oído.

—¿Hay alguien que esté en contra de la democracia? ¿Hay alguien que crea que se puede resolver el problema de otro modo? —El silencio fue la única respuesta que Lucas obtuvo—. Entonces votemos ahora mismo...

—¡Un momento! —le interrumpió la voz de Asimov—. Si realmente queréis democracia, antes hay que hacer la jornada de reflexión...

La mayoría de rostros se giraron hacia él, confusos. Lucas se dio cuenta de que el jefe de estudios lo miraba directamente.

—¿Cómo? —fue lo único que acertó a decir.

—Votar ahora es demasiado precipitado —objetó—. Debéis reflexionar bien vuestra decisión, por lo menos durante una noche...

«¿Dónde está la trampa?», se preguntó Lucas. No se fiaba del jefe de estudios, pero no se le ocurría ningún argumento para rebatirle.

—De acuerdo —aceptó—. Mañana por la mañana, a las nueve en punto, decidiremos quién es el líder.

CAPÍTULO 27

«Debes controlarte o todos podemos lamentarlo…»

La furgoneta, pintada con flores de colores vivos, encajaba bien con el ambiente hippy que se vivía en las inmediaciones de la central de meteora. A través de la ventana, Martin podía ver las fogatas improvisadas y la gente que se arremolinaba alrededor de un músico melenudo que entonaba una canción folk acompañado de una guitarra acústica y una harmónica. Entre el público se encontraba miss Highsmith, que los había llevado hasta allí. La Muleta seguía el ritmo de la música balanceando su cuerpo a derecha y a izquierda con un mechero encendido mientras se abrazaba a otra chica que acababa de conocer allí mismo.

—Todos estos se creen que esta central es buena para el medio ambiente... —comentó Martin.

Solo quería romper el hielo, quitarle tensión a la espera. Era más que probable que el destino de la humanidad dependiera de lo que ocurriría durante las próximas horas y no podía evitar sentirse muy nervioso.

Su compañero ni siquiera lo miró; mantuvo los brazos cruzados y una expresión hosca y taciturna.

—¿Estás cabreado por lo que te hice?

Martin se refería a la pelea, y por el modo en que Murat se giró supo que lo había entendido. Sus ojos eran como dos pozos negros, tan profundos como impenetrables.

—Tú y yo somos las únicas personas en el mundo que hemos recibido la segunda inyección —le dijo—. Ni el Profeta Howard puede comprenderte como yo. Conozco el poder de meteora, su fuerza, los impulsos que despierta... Debes controlarte o todos podemos lamentarlo...

Martin tragó saliva con dificultad. Le avergonzaba admitirlo, pero sabía que el turco tenía razón. Tras recibir la segunda inyección había ido a por él casi sin proponérselo, víctima de unos impulsos violentos que no había podido reprimir.

De repente alguien abrió la puerta corredera de la furgoneta. Tras un respingo, Martin comprobó aliviado que era Rowling.

—Tenemos que darnos prisa —susurró—. El vigilante acaba de hacer la ronda y calculo que no nos quedan más de veinte minutos.

En una fracción de segundo la mirada perdida de Martin se convirtió en una expresión enérgica y concentrada. Se colgó la mochila en la espalda y saltó de la furgoneta. Fuera, el concierto improvisado estaba más animado que nunca y el auditorio acompañaba al músico dando palmas y coreando la letra de la canción. Martin se colocó detrás de Rowling y siguió a la pelirroja por aquel paraje arenoso del desierto. Comprobó que Murat también los seguía y que sus movimientos no despertaban la suspicacia de nadie.

El gigantesco muro que rodeaba la central medía por lo menos veinte metros e impedía ver el interior de las instalaciones. La puerta de entrada se hallaba frente a la carretera, pero Rowling los condujo hacia la parte que daba al desierto. Apenas había luz y en la distancia solo se distinguían las inmensas torres de corriente eléctrica que cruzaban el desierto.

—Aquí está bien —dijo Martin.

Se quitó la mochila y empezó a sacar el equipo de escalada. Sin esperar la aprobación de sus compañeros, ató su propio cuerpo con las cuerdas y empezó el ascenso vertical del muro. Apenas había lugares donde aferrarse, pero Martin había trabajado duro en los programas de entrenamiento de la academia virtual y escaló rápidamente, asegurando la cuerda con un mosquetón para evitar una caída mortal.

Cuando llegó arriba, pudo ver la central de meteora. Le pareció imposible que aquella construcción del tamaño de una pista de baloncesto pudiera abastecer con energía a un país tan grande como Estados Unidos. De forma circular, con una cúpula repleta de placas metálicas, a Martin le recordó el edificio donde trabajaban los científicos en la isla Fénix.

—Sigamos adelante —dijo la voz de Murat devolviéndolo a la realidad.

Con un pie a cada lado del muro, miró a Rowling con el rabillo del ojo. La irlandesa, algo rezagada, aprovechaba el mismo camino que él había trazado para seguir ascendiendo. Sin más dilaciones, Martin siguió los pasos de Murat y consiguió alcanzar tierra firme al cabo de unos instantes.

Miró a su alrededor, pero no fue capaz de detectar ningún movimiento. La música del concierto improvisado sonaba tan lejos que casi era completamente imperceptible.

—¡Vamos, Rowling! —la animó, y su compañera llegó abajo tras dejarse caer desde un par de metros.

Tenía la respiración entrecortada y un mechón pelirrojo se le había pegado a la frente a causa del sudor.

—Y ahora ¿qué? —preguntó Murat.

Martin estaba a punto de replicar, pero Rowling se le anticipó.

—Ahora dejadme a mí.

CAPÍTULO 28

«Me ha salvado el culo.»

Una calma tensa reinaba en el pasillo de las habitaciones de la Secret Academy. Ya hacía rato que Lucas había decidido sentarse en el suelo, con la espalda apoyada contra la puerta y abrazado a sus propias rodillas, para estar más cómodo. Compartía habitación con Orwell y Salgari, y se había turnado con ellos para hacer guardia en el pasillo, pero había decidido dejarlos dormir porque sabía que los nervios no le permitirían conciliar el sueño.

Sus ojos, acostumbrados a la oscuridad, escudriñaban atentamente el lugar, pendientes de cualquier movimiento. Lucas había pedido a todos sus compañeros que permanecieran en sus habitaciones porque sospechaba que el jefe de estudios debía de tener en mente alguna artimaña para boicotear la votación que habían acordado para el día siguiente. Lo que estaba claro era que los miembros del equipo del fuego estaban de parte de Asimov. El propio Orwell había visto cómo todos ellos salían a hurtadillas de sus habitaciones para abandonar la Secret Academy.

«¿Qué deben de tramar?», se preguntó Lucas por enésima vez. Sentía una gran curiosidad por descubrirlo, pero no estaba dispuesto a arriesgar lo más mínimo. Si todos se mantenían unidos y no cometían el error de separarse, Asimov no podría derrotarlos.

De repente un ruido lo puso en alerta y se levantó bruscamente del suelo. Con cautela se arrimó aún más a la pared, conteniendo la respiración.

La pequeña figura apareció al otro lado del pasillo; avanzaba lentamente y sus movimientos femeninos le hicieron descartar que se tratara de Asimov o Quentin. «Tal vez sea Christie», pensó Lucas.

—¿Quién va? —preguntó con hostilidad, saliendo a su paso.

—¿Lucas? —preguntó una voz que le arrancó un suspiro de alivio.

Era Úrsula.

Durante unos instantes los dos se quedaron en silencio, contemplando sus figuras en la densa oscuridad del pasillo.

—El doctor Kubrick me ha salvado el culo —dijo ella—. Te apoya como líder si quieres serlo, pero no se ha atrevido a venir hasta aquí...

—Tendremos que arreglárnoslas sin él —concluyó Lucas—. Por lo menos tú sí que has venido...

La italiana asintió mientras avanzaba por el silencioso pasadizo.

—Acabo de llegar en avión y desde el aire he visto mucha actividad en la isla. Coches moviéndose por los caminos, casas iluminadas... ¿Se puede saber qué está ocurriendo aquí?

—Que mañana elegimos al líder —contestó—. Y no estoy muy seguro de que vaya a ser una votación muy democrática...

CAPÍTULO 29

«Número incorrecto. Vuelva a intentarlo, por favor.»

Su garganta emitía un gorjeo ininteligible mientras golpeaba el cristal con insistencia. Rowling tenía los ojos desorbitados y sus manos ensangrentadas dejaban huellas en la puerta de vidrio que había en la entrada de la central de meteora. Alertado por el ruido, el vigilante, un hombre cincuentón, calvo y gordo, se acercó hacia ella precipitadamente. Llevaba una pistola en el cinto y sus ojos asustados trataban de comprender cómo aquella chica había llegado hasta allí y de dónde le salía tanta sangre. Abrió la puerta con la tarjeta magnética y se agachó para socorrerla.

—¿Qué... qué... ha ocu...rrido? —balbuceó mientras la sujetaba por las axilas.

La preocupación de su rostro se transformó en sorpresa cuando notó un movimiento a la altura de su cintura.

—¡Quieto! —gritó Rowling, encañonándolo ágilmente con la pistola.

Con una maniobra rápida y precisa había conseguido arrebatarle el arma y en ese momento la sujetaba con ambas manos, tumbada en el suelo boca arriba. El vigilante se apartó instintivamente y, en el acto, se dio cuenta de que aquella chica pelirroja no era la única inesperada forastera. Antes de que pudiera reaccionar, Martin y Murat lo atacaron por ambos flancos inmovilizándole los brazos y obligándole a entrar en el interior del edificio.

Rowling se levantó del suelo, aún con la pistola en la mano. Por suerte, el muro que rodeaba la central era tan sólido y alto que impedía a los hippies que había en el exterior ver lo que acababa de ocurrir. Incómoda por tener el arma en las manos, se apresuró a entrar. Murat estaba atando las manos del vigilante a su espalda, mientras que Martin se había sentado en una butaca frente a una docena de pantallas de seguridad. Como Murat parecía tener la situación bajo control, Rowling se acercó hacia su otro compañero.

—¿Qué hago con esto? —le preguntó depositando la pistola encima de la mesa.

Martin giró la cara hacia ella y se guardó el arma en el interior de la chaqueta.

—Límpiate un poco, ¿quieres? —la espetó—. Pareces salida de una peli de terror...

Con tanta tensión casi lo había olvidado. Para fingir un accidente se había manchado la cara y las manos con un maquillaje que parecía sangre. Con un trapo trató de limpiarse

mientras observaba el dispositivo de seguridad. Las diferentes pantallas de televisión mostraban los pasillos de la central. En una de ellas apareció la silueta de un guardia recorriendo un largo vestíbulo de paredes blancas y baldosas grises. Martin empezó a teclear el ordenador y a manipular los controles.

—¿Qué haces? —le preguntó.

—Apagar las cámaras —repuso.

Al instante, todas las pantallas de televisión se fundieron a negro. Cuando Rowling volvió a mirar a Murat se dio cuenta de que el turco ya había acabado de inmovilizar al vigilante. Estaba amordazado y atado de pies y brazos. El Escorpión lo arrastró por los pies y lo ocultó en el interior de un armario.

—O nos damos prisa o vamos a salir de aquí en un coche patrulla —dijo Martin consultando la hora en el móvil.

Rowling sabía que podían ocurrir cosas mucho peores que una detención policial, pero no dijo nada. En silencio, esperó a que Martin se moviera y lo siguió por un corredor que parecía adentrarse en el corazón de la central. Una parte de ella envidiaba a Aldous por haberse desentendido de aquella situación tan peligrosa, pero en el fondo aquel era el lugar donde deseaba estar. Rowling quería saber de primera mano qué ocurriría con la piedra de meteora y tampoco deseaba perder de vista a Martin, sobre todo desde que había empezado a comportarse de una forma tan rara. Además, tal vez los Escorpiones no la fascinaran, pero por lo menos rezumaban algo más de humanidad que el doctor Kubrick o Sergei Asimov. Tenía muy claro que si algún día regresaba a la isla sería para ayudar al único amigo que tenía en el mundo, a Lucas.

A medida que avanzaban por el pasillo sentía que se le aceleraba el pulso. Colarse en aquella instalación había resultado tan fácil que aún no se creía que pudieran salirse con la suya. Sus sombras se proyectaban contra las baldosas mientras avanzaban cautelosamente. Martin abría la marcha y Murat la cerraba. Avanzaron a paso vivo hasta que el pasillo viró a la izquierda y encontraron una puerta de acero que les bloqueaba el paso. PROHIBIDO EL PASO SALVO PERSONAL AUTORIZADO, rezaba el explícito cartel. Martin empujó la puerta, pero estaba cerrada herméticamente. A simple vista parecía evidente que sin un potente explosivo no podrían entrar dentro.

—¡Mierda! —exclamó Martin—. ¿Y ahora qué hacemos?

Rowling se dio cuenta de que estaba más alterado de lo habitual. La vena de la sien se le definía con precisión y la chica casi podía sentir cómo latía frenéticamente al compás de su respiración.

—Prueba con eso —intervino Murat.

El turco alargó el brazo para ofrecerle la tarjeta magnética que le había arrebatado al vigilante y los dedos ávidos de Martin se apresuraron a recogerla. La introdujo en la ranura y, al instante, una voz metálica resonó en el pasillo.

—Introduzca el código de seguridad, por favor.

Inquieta, Rowling miró hacia atrás un instante. Vio una cámara que los enfocaba, pero estaba apagada y tampoco fue capaz de escuchar ningún ruido sospechoso a su espalda. Sin embargo, sabía que más pronto que tarde alguien se enteraría de que unos intrusos se habían colado en la central. Cuando volvió a mirar hacia delante, cada vez más nerviosa, Martin tecleaba una combinación numérica en el cuadro de acceso.

—Número incorrecto. Vuelva a intentarlo, por favor —dijo la voz metálica.

«No vamos a lograrlo», pensó Rowling. Habían conseguido llegar muy lejos, pero sin la combinación secreta resultaría imposible abrir la puerta. El nuevo intento de Martin se saldó con otro fracaso.

—Número incorrecto —repitió la voz metálica—. Le advertimos que al tercer error la alarma se activará automáticamente.

Martin masculló una maldición mientras se frotaba el pelo con ambas manos.

—¡Es imposible acertar! —le advirtió Rowling—. Y si suena la alarma nos pillan seguro...

Su compañero no se molestó en mirarla.

—Tenemos que marcharnos. —Rowling le cogió del brazo para hacerlo reaccionar, pero Martin le apartó la mano bruscamente.

—¡No me toques! —gritó.

Nunca antes había visto un brillo tan glacial en aquellos ojos azules. Martin le dedicó una mirada llena de rencor y volvió a apartarse de ella. Frotándose las sienes, empezó a pasear tratando de dar con la solución.

—¡Mi abuelo! —exclamó—. ¿No os dais cuenta? Mi abuelo es el que ha decidido el número de seguridad...

«¡¿Y qué?!», se desesperó Rowling. Acertar el número era más difícil que encontrar una aguja en un pajar.

—Ya lo tengo —dijo Martin finalmente—. La combinación es la fecha de mi cumpleaños.

Rowling aguantó la respiración mientras Martin pulsaba las teclas. Instintivamente, se apartó de la puerta, preparada para salir corriendo en cuanto sonara la alarma.

CAPÍTULO 30

«No pienso largarme de aquí con las manos vacías.»

—Número correcto —informó la voz metálica.

A continuación Martin empujó la maciza puerta de acero y una poderosa luz de color verde iluminó su rostro.

¿La fecha del cumpleaños de Martin? Rowling no podía creer que su compañero hubiera acertado el código numérico y, aún confusa, dejó que la inercia la arrastrara hacia el interior de la sala. Tras poner un pie dentro tuvo que entrecerrar los ojos. La iluminación que provenía de la meteora era tan intensa que resultaba cegadora, pero no podía apartar la mirada del fabuloso mineral.

Por un instante Rowling sintió que aquello ya lo había vivido antes en un programa de la academia virtual. El fragmento de meteora se encontraba encima de una bandeja de metal. Enfrente había un cañón láser que disparaba directamente contra la piedra. La irlandesa tragó saliva con dificultad al recordar que aquello no era un simple simulacro, sino una realidad palpable, tan amenazadora como real.

—¿Alguno de vosotros sabe cómo funciona esto? —preguntó Murat.

Al igual que a Martin, los destellos verdes de la meteora golpeaban contra su cara y le daban un aspecto siniestro.

—El láser calienta el mineral y, cuando este se convierte en gas, produce energía —explicó Rowling. Casi le parecía imposible que en aquella pequeña sala de treinta metros cuadrados pudiera generarse tanta electricidad.

—Hay que abrir eso —indicó Martin resoplando.

Estaba ansioso e irritable, con la respiración entrecortada, y fijaba la vista sobre el cristal protector que cubría el dispositivo láser y la piedra de meteora. El grosor del vidrio debía de tener casi veinte centímetros y se intuía fuerte y resistente.

«No lo conseguiremos», volvió a pensar Rowling.

Con cada minuto que pasaba aumentaban las posibilidades de que los descubrieran, pero, por mucho que se devanara los sesos, a Rowling no se le ocurría cómo abrir el cristal protector. Martin también estaba confuso, pero no parecía dispuesto a quedarse de brazos cruzados. De súbito, colocó su cuerpo en posición de ataque. Cogió impulso y pegó una fuerte patada que impactó contra el cristal. Pese al fuerte estrépito, las paredes de vidrio ni tan siquiera temblaron.

—¡¿Qué haces?! —gritó Rowling.

Martin no contestó. Con la frente perlada de sudor y expresión concentrada, siguió pegando patadas contra el cristal, pero, pese a que los golpes cada vez eran más fuertes, no conseguía causar el más mínimo daño.

—¡Es inútil! —trató de advertirle Murat agarrándole el brazo, pero Martin se zafó de él bruscamente.

Como un poseso, Martin lanzaba un grito a cada patada y aumentaba cada vez más el ritmo de los golpes. El sudor le resbalaba por las mejillas y los ojos, que, entrecerrados por la intensa luz, le daban una expresión feroz. Siguió golpeando el cristal una y otra vez hasta que, de repente, se echó atrás bruscamente.

—¡A la mierda! —gritó.

Estaba rojo de ira y jadeaba violentamente cuando sacó la pistola que Rowling le había arrebatado al vigilante. Y entonces disparó.

Rowling notó el silbido a un palmo de la cabeza y se echó al suelo mientras la bala rebotaba contra las paredes de la sala. Casi no podía creer que siguiera viva cuando volvió a abrir los ojos.

—¡¿Estás loco o qué?! —le recriminó Murat, que también se había tirado al suelo.

Rowling estaba demasiado asustada para recriminarle su comportamiento y se limitó a apartar las manos de la cara para mirar.

—No pienso largarme de aquí con las manos vacías —aseguró Martin.

Con los destellos verdes de meteora, sus ojos azules cobraron una tonalidad amarillenta que la inquietó. Tras fijarlos en una puerta de madera que había en la sala, fue direc-

to hacia ella. Una repentina curiosidad empujó a Rowling a seguir a su compañero.

«¿Qué hay allí dentro?», se preguntó.

Se levantó del suelo y fue tras él a toda velocidad. Cruzó la sala en seis rápidas zancadas y abrió la puerta. Martin estaba de pie, observando atentamente un recipiente transparente, una especie de probeta, que contenía una pequeña nube de tonalidad verdosa. El cerebro de Rowling dedujo en un santiamén de qué se trataba. Allí se almacenaban los residuos de la central.

—¿Qué quieres hacer con eso? —preguntó con un hilo de voz.

—Cállate, Zanahoria —escupió Martin sin mirarla.

Allí no había ningún cristal protector ni nada que se le pareciese. La neblina verdosa que flotaba en el interior de la probeta había llegado hasta allí a través de un conducto metálico que provenía de la sala adyacente. El sistema de seguridad era inexistente. Con una facilidad pasmosa, Martin cogió la probeta y se apresuró a cerrarla herméticamente. Con la mano derecha levantó el frasco y miró el contenido con sus ojos azules. Rowling sintió que se le ponía la piel de gallina al ver lo que había allí dentro. Era gas de meteora.

CAPÍTULO 31

«Esto no lo ha hecho el fuego.»

El estrépito era infernal cuando Lucas abrió los ojos. La luz del sol entraba generosamente por la ventana de la habitación mientras las sirenas de la alarma antiincendios resonaban con fuerza en la Secret Academy.

Lucas se incorporó de un salto y salió del dormitorio. En el pasillo se estaban reuniendo todos sus compañeros, vestidos con uniformes azules, blancos y marrones. Un rápido vistazo le bastó para darse cuenta de que ninguno de ellos lucía el rojo del fuego, y al respirar le llegó el inconfundible olor a humo y a quemado.

—¡Fuego! —gritó alguien en medio de la confusión dirigiéndose a las escaleras.

Aún adormilado, Lucas se golpeó las mejillas para despertar. Tras pasar la noche en blanco, finalmente había conseguido dormirse, pero su sueño no debía de haberse prolongado más de una hora.

—¡Hay que salir del edificio! —gritó—. ¿Alguien sabe dónde está el fuego?

—Arriba —contestó Tolkien, que se cubría la cara con un pañuelo pese a que allí no había demasiado humo.

Lucas avanzó por el pasillo, dispuesto a comprobarlo. Cuando llegó a las escaleras vio que Úrsula y Salgari ya estaban subiendo, cubriéndose las caras con pañuelos. Algunos de sus compañeros, como Margared y Akira, lo estaban siguiendo.

—Aseguraos de que no quede nadie en las habitaciones y salid del edificio —les pidió Lucas.

Akira hizo un asentimiento de cabeza y dio media vuelta mientras empezaba a pedir a los demás que se dispusieran a bajar. Sin perder tiempo, Lucas corrió escaleras arriba hasta que dio alcance a los dos compañeros del equipo de la tierra. Cuanto más arriba subía más humo había, y Lucas tuvo un ataque de tos al tiempo que empezaba a sospechar dónde se encontraba el foco del incendio.

—¡Hay que llegar a la cuarta planta! —gritó cubriéndose la cara con las manos.

Los ojos le picaban y se sentía mareado, pero fue capaz de seguir los pasos de Salgari y Úrsula. Con los ojos llorosos, agradeció el agua que caía del techo y le empapaba el pelo y el rostro. Al parecer el sistema antiincendios había funcionado bien porque ya no había rastro de ninguna llama y seguía empapando el edificio, pero la imagen era desolado-

ra. El aula virtual, el gran tesoro de la Secret Academy, no era más que un montón de escombros sucios de hollín. Todas las butacas se habían convertido en ceniza y la computadora central estaba hecha añicos.

—Esto no lo ha hecho el fuego —dijo Úrsula.

La italiana tuvo un acceso de tos mientras señalaba la pantalla de la computadora central, perforada por un casco que aún estaba incrustado en ella. Parecía evidente que alguien la había estropeado a propósito.

«Lo han roto todo y después le han prendido fuego», pensó Lucas horrorizado.

Esta vez fue Salgari el que empezó a toser, con los ojos rojos por culpa del humo. O se largaban de allí inmediatamente o podían sufrir una intoxicación.

—¡Vámonos ya! —gritó Lucas, e hizo señas a sus dos compañeros para que lo siguieran escaleras abajo.

Desde la playa se podía ver la columna de humo levantarse hacia el cielo y diluirse entre las nubes. Daba la sensación de que el volcán estaba en erupción, pero Lucas sabía que aquella humareda surgía del edificio donde trabajaban los científicos de la isla. Hacía tan solo unos minutos las llamas aún relamían la fachada del edificio provocando derrumbes y alguna que otra explosión. No era lo único que había sido pasto del fuego porque la mayor parte de las casas construidas en primera línea de mar también habían sido consumidas por las llamas, así como la torre de control que había en el aeropuerto.

A su alrededor Lucas solo veía rostros cansados y ropas manchadas de hollín. Prácticamente todos los que quedaban, incluso algunos científicos que no había visto en toda su vida, se habían reunido allí. Los miembros de los equipos del agua, del viento y de la tierra habían dejado claras sus preferencias, mientras que la mayoría de profesores habían decidido permanecer en la Secret Academy. Entre ellos también se encontraban figuras ilustres, como la de Neal Stephenson. Contemplar al informático con la cabeza encima de las rodillas de la doctora casi le daba ganas de llorar de alegría. Lucas se había ocupado personalmente de liberar a la rehén, permitiendo que fuera el mismo Neal el encargado de abrir la puerta del zulo.

—Sabía que vendrías —le había susurrado la doctora Shelley con afecto, y el informático, henchido de orgullo, la había abrazado con fuerza.

«Por lo menos una buena noticia», se dijo Lucas mientras miraba hacia arriba. Las pocas nubes que se deslizaban por el cielo eran de un blanco virginal y el sol relucía en todo su esplendor tras unas cuantas semanas de viento y lluvia. El olor a humo era el único elemento que no dejaba de recordarle la tragedia. No habían tenido que lamentar ningún herido grave, pero en unas pocas horas se habían echado a perder años y años de trabajo y esfuerzo. Ya casi no quedaban científicos en la isla y el Aula Virtual había quedado reducida a escombros. A Lucas no le había costado demasiado comprender lo que había ocurrido. Asimov se había dado cuenta de que no tenía ninguna posibilidad de mantenerse en el cargo y había decidido golpear antes de ser golpeado. El ex jefe de estudios había demostrado tener mucha influencia. No solo se había llevado a los miembros del equipo del fuego, sino que había convencido a la mayor parte de los científicos y habitantes de la isla para que huyeran con él. «A saber qué mentiras les habrá contado», pensó Lucas con tristeza.

A unos metros de distancia vio que Úrsula charlaba con el profesor Clarke. El anciano, visiblemente agotado, asentía con la cabeza. Al instante, los dos se levantaron del suelo y fueron hacia él arrastrando los pies por la arena.

Lucas miró a su alrededor y se dio cuenta de que tenía que mitigar el cansancio de todas aquellas personas y devolverles la alegría y las ganas de luchar. Al fin y al cabo, él era el máximo responsable de que Asimov hubiera pegado fuego a la isla antes de huir como una rata.

—Todos estamos cansados, pero debemos escoger al líder de la Secret Academy para empezar a organizarnos —pidió Úrsula—. ¿Algún candidato?

Todos se quedaron en silencio mirando a Lucas, que se limitó a levantarse del suelo y a observar sus reacciones. Ni siquiera le hizo falta abrir la boca para confirmar que se presentaba al cargo. Úrsula, que ejercía de maestro de ceremonias, hizo el resto.

—Que levanten la mano los miembros de la Secret Academy que quieran a Lucas como nuevo líder...

No hubo ni un solo gesto de duda a su alrededor. Todos sus compañeros levantaron la mano y lo miraron a los ojos, depositando su confianza en él.

—Gracias a todos —dijo Lucas en voz alta. Había tanto silencio que de fondo solo podía escucharse el estallido de las olas—. Asimov ha preferido huir antes que enfrentarse a una votación justa, pero lo peor de todo es que se ha llevado con él a cuatro compañeros nuestros. Pese a que hemos sido rivales, sigo pensando que el lugar de Christie, Moorcock, Daishell y Quentin se encuentra aquí, en la isla Fénix, junto a todos nosotros, así como el de Martin, Aldous y Rowling.

Ni el recuerdo de Rowling ni el de los miembros del equipo del fuego consiguió despertar entusiasmo entre sus compañeros, pero escucharon con atención sus palabras.

—Mi objetivo es reunir a todos los chicos y chicas que recibimos una inyección de meteora en esta isla y aprender juntos quiénes somos y adónde vamos.

Los aplausos volvieron a ser tímidos, pero Lucas percibió afecto y apoyo entre sus compañeros. Todo el mundo, tanto los profesores como los alumnos, se acercaron a él para estrecharle la mano y dedicarle palabras de aliento.

Tras un buen rato, un hombre de pelo canoso que vestía el uniforme gris de los científicos, se aproximó a Lucas con la cabeza gacha.

—Asimov me dio esto para ti, Lucas —le dijo.

El científico estaba despeinado y aún podían percibirse manchas de hollín en su cara y su ropa.

Lucas cogió el sobre que le acercaba y lo abrió. En el interior se encontraba una nota escrita a mano que se apresuró a leer:

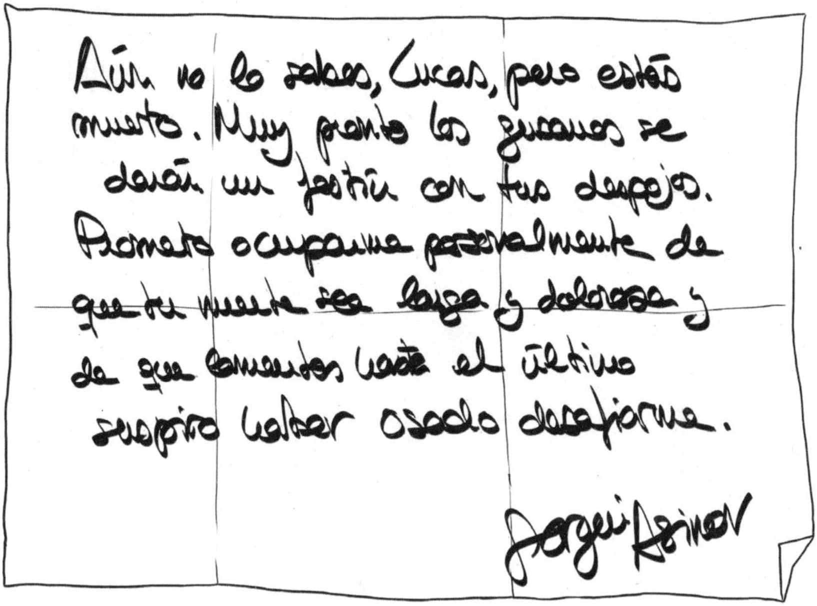

Aún no lo sabes, Lucas, pero estás muerto. Muy pronto los gusanos se darán un festín con tus despojos. Prometo ocuparme personalmente de que tu muerte sea larga y dolorosa y de que lamentes hasta el último suspiro haber osado desafiarme.

El escalofrío que recorrió su espina dorsal debió de resultar visible, porque al levantar la cabeza vio que Úrsula se acercaba hacia él con cara de preocupación.

—¿Todo bien? —le preguntó.

Lucas miró a su alrededor y solo fue capaz de ver rostros amigos. Inspiró profundamente y, por primera vez en muchos meses, volvió a sentirse libre.

—Todo bien —replicó Lucas, y esbozó una sonrisa.

En la isla Fénix volvía a brillar el sol.

CAPÍTULO 32

«¡Prométeme que no te vas a enamorar!»

En la radio sonaba una canción country de lo más animada, pero por las caras que ponían los ocupantes de la furgoneta parecía música de entierro. Miss Highsmith no había tarareado ni una sola melodía desde que habían huido a toda velocidad de la central de meteora. La Muleta llevaba unas gafas oscuras que la protegían de los primeros rayos de sol que bañaban California con su esplendor, y Murat, sentado en el asiento del copiloto, tenía la vista fija en el paisaje que rodeaba la carretera, con sus grandes ojos negros abiertos de par en par.

Sin embargo, era Martin el miembro del grupo cuyo aspecto resultaba más inquietante. De vez en cuando Rowling miraba de reojo hacia atrás y podía notar su tensión por la arruga vertical que delimitaba su entrecejo. Además, su tez pálida hacía aún más intensas las pronunciadas ojeras que se le formaban bajo los ojos azules. No solo estaba despierto, sino que también parecía alterado, sin parar de mover las piernas y frotándose una y otra vez el mentón y el cuello con ambas manos.

—Para el coche, tengo que mear —dijo Martin.

—En diez minutos llegaremos a una estación de servicio —contestó miss Highsmith sin dejar de conducir.

—¡Que pares el coche te digo! —insistió Martin—. Quiero mear ahora, no dentro de diez minutos...

Su voz, más ronca de lo habitual, sonó desagradable, pero ninguno de los pasajeros se atrevió a reprocharle aquel tono tan despectivo. Miss Highsmith puso el intermitente y detuvo la furgoneta en el arcén. Debían de haber pasado cuatro o cinco horas desde que un coche de policía los había detenido para realizar un control, pero, por suerte, los encantos de miss Highsmith y la historia del equipo de béisbol habían cumplido su cometido y ya se encontraban muy lejos de la central de meteora.

Rowling notó una creciente inquietud en la boca del estómago mientras veía a Martin abrir la puerta corredera de la furgoneta y salir al exterior de un salto. Su compañero descendió por una duna y se perdió tras unos cactus que lo superaban en altura.

—Ahora vuelvo —dijo Rowling, y se bajó del coche sin esperar respuesta.

Siguió los pasos de Martin cautelosamente y descendió por la duna procurando no hacer ruido. La intuición le decía que no encontraría a su compañero orinando, y tras sortear los cactus lo halló de pie, completamente inmóvil. El viento levantaba polvo y sacudía su pelo rubio, pero Martin parecía totalmente ausente. Escondida detrás del cactus, Rowling vio cómo se sacaba la probeta de cristal del interior de la chaqueta y la levantaba. La irlandesa se encontraba lejos, pero desde allí podía percibir el brillo verdoso del gas de meteora que fluctuaba en el interior.

«¿Qué hace?», se preguntó Rowling. Aunque intuía la respuesta, no se atrevía a imaginarla. Sin darse cuenta, su corazón empezó a bombear sangre a toda velocidad y su respiración se entrecortó.

Martin fijó su mirada perdida en el contenido de la probeta hasta que volvió a descender el brazo. Con horror, Rowling vio que su compañero se disponía a desenroscar el frasco.

—¡Martin! —un chillido agudo y lleno de pánico brotó de su garganta.

Su compañero giró bruscamente la cara hacia ella, asustado, y escondió ambas manos detrás de la espalda, escondiendo la probeta. Se quedaron mirándose unos instantes a los ojos, sin abrir la boca.

—¿Qué pasa, Zanahoria? —le gritó—. ¿Es que te gusta espiar a los chicos cuando mean?

Si no fuera por lo que había estado a punto de ocurrir, se habría puesto roja como un tomate, pero en lugar de eso había empalidecido. En una fracción de segundo había revivido la pavorosa experiencia virtual que había tenido en un

campo de fútbol con el gas de meteora y no se atrevía a dejarlo solo otra vez.

Disimuladamente, Martin ocultó la probeta en el interior de su chaqueta y le dio la espalda.

—¡Prométeme que no te vas a enamorar! —le gritó, y empezó a orinar como si nada.

Esa vez Rowling apartó la cara y regresó a la furgoneta. En los ojos de Martin había vuelto a ver al chico orgulloso y engreído de siempre. Su corazón aún palpitaba víctima del pánico más absoluto, pero sintió que el peligro ya había pasado.

CAPÍTULO 33

«Tengo la sensación de que nadie había entrado aquí antes que nosotros.»

El ascenso era agotador, sobre todo porque la espesa vegetación que cubría el volcán dificultaba el avance. Úrsula tenía la respiración entrecortada y el esfuerzo físico y la humedad del ambiente habían cubierto su cuerpo con una pegajosa capa de sudor. Aún no comprendía por qué Lucas la estaba llevando allí, pero tenía que ser algo importante porque aquello era lo primero que hacía como líder de la Secret Academy.

—Tiene que estar por aquí. —Lucas resopló mientras se secaba el sudor de la frente.

Aún no se había recuperado completamente de las lesiones cerebrales, pero Úrsula pensó que su amigo se las arreglaba bastante bien con aquella rama de árbol que usaba como cayado, y había completado el ascenso con un ritmo más que aceptable. Tras apartar arbustos y matojos, Lucas pareció encontrar lo que estaba buscando.

—¡Aquí! —exclamó.

Úrsula se acercó a él. Oculto entre la maleza había un túnel que se adentraba en las entrañas del volcán.

—Sígueme —la instó Lucas, y se introdujo por la abertura.

Úrsula contempló cómo la oscuridad engullía el cuerpo de su amigo y trató de seguirlo. Sus ojos, acostumbrados a la radiante luz de la isla Fénix, apenas consiguieron reconocer la silueta de Lucas cuando se internó en el túnel. Con el pie golpeó lo que parecía una roca y no volvió a oírla hasta después de unos instantes, cuando alcanzó el suelo a muchos metros de profundidad.

—¡Cuidado! —susurró la voz de Lucas mientras la cogía de la mano—. No hay escalones ni barandilla...

Poco a poco, los ojos de Úrsula empezaron a acostumbrarse a la oscuridad. La gruta estaba iluminada por una luz tenue, de un verde fantasmagórico. La caída al abismo auguraba una muerte segura, pero había un estrecho camino que reseguía las paredes de roca volcánica rodeándolas como el cuerpo de una serpiente enroscada.

La figura de Lucas empezó a descender lentamente por el misterioso túnel mientras Úrsula se concentraba en no tropezar. A medida que bajaban, el halo de luz verde se hacía más intenso y muy pronto fue capaz de percibir el suelo. Cuando llegaron abajo, Úrsula ya no pudo reprimir la pregunta.

—¿Qué es esta luz? —preguntó.

—Ven —le pidió Lucas.

Se introdujeron por una fisura de la roca y llegaron a una inmensa galería con una pared gigantesca completamente vertical. Aquel era el lugar de donde provenía la titilante luz verde que iluminaba el interior del volcán. Entre las irregularidades de la pared se definía a la perfección la silueta de un mapa del mundo. Y repartidos por los cinco continentes había varias decenas de pequeños círculos que irradiaban una intensa luz verde.

—Reuníos, elegidos, los que lleváis meteora dentro, reuníos en la isla Fénix y esperad la llegada del meteorito —susurró su amigo.

Úrsula reconoció la visión del Profeta Howard que ella misma le había recitado la noche anterior, pero no acertó a decir nada. Embobada, se quedó mirando aquella brillante luz verde y los círculos que parpadeaban en el interior. La mayoría de ellos se concentraban en una diminuta isla del Atlántico que Úrsula no había visto en ningún mapa hasta aquel momento.

—¿Lo ves? Nosotros estamos en esta isla, pero hay más como nosotros fuera de aquí —explicó Lucas—. Estos que están en alta mar deben de ser los miembros del equipo del fuego.

Era cierto. Había cuatro círculos juntos moviéndose lentamente en una zona de la inmensidad del Atlántico.

—La última vez que estuve aquí había cinco círculos en este punto. —El dedo de Lucas señaló un lugar del Ártico, en Europa, donde solo quedaba uno de ellos—. Estoy seguro de que los demás han viajado a América.

Úrsula miró hacia donde le indicaba Lucas y vio cuatro círculos latiendo en el oeste de Estados Unidos, a orillas del océano Pacífico. Casualidad o no, todos se concentraban en California, cerca de la central de meteora que el doctor Kubrick acababa de inaugurar allí.

—¿Qué significa todo esto? —preguntó Úrsula.

—Ni idea —contestó Lucas—. Pero tengo la sensación de que nadie había entrado aquí antes que nosotros.

EPÍLOGO

«Ha sido la meteora...»

Imposible dormir, sobre todo después de haber visto aquel extraño brillo en los ojos de Martin. No sabía cuántas horas llevaba sin conciliar el sueño, pero lo soportaba gracias al alto nivel de tensión al que estaba sometida desde hacía bastantes horas.

Rowling no había dejado de dar vueltas en la cama desde que se habían instalado en aquella habitación de hotel en las afueras de San Francisco. La Muleta, vestida con la misma ropa del día anterior y con las gafas de sol puestas, se había quedado frita nada más tumbarse, y Murat llevaba varias horas inmóvil en su catre, con los ojos cerrados y las manos juntas bajo el cogote. Al igual que ella, Martin tampoco podía dormir y no dejaba de girarse y regirarse entre las sábanas.

La irlandesa cerró los ojos en cuanto vio que su compañero decidía levantarse, y fingió estar completamente dormida mientras escuchaba sus pisadas avanzar por delante de ella. Rowling no abrió los ojos hasta que pudo oír el chirrido de la puerta del aseo cerrándose. No sabía de cuánto tiempo disponía, pero se levantó de la cama con un movimiento tan rápido como silencioso. Se dirigió a la cama de Martin y palpó el interior de su chaqueta. No había rastro alguno de la probeta con el gas de meteora. Ni allí, ni dentro de su mochila. Levantó el colchón, examinó la mesita de noche y luego el armario, pero no obtuvo ningún resultado.

Entonces se acercó sigilosamente a la puerta y se detuvo para escuchar. Pese al esfuerzo, no consiguió identificar los sonidos entrecortados que le llegaban del interior. Extrañada, abrió la puerta de par en par.

La imagen que apareció ante ella la impresionó. Martin, totalmente despeinado y muy pálido, estaba sentado en el suelo, llorando a lágrima viva y tiritando violentamente. Sus manos temblorosas sujetaban la probeta que contenía el gas de meteora mientras lo miraba fijamente. Sus ojeras eran tan pronunciadas que parecía que le hubieran dado un puñetazo en cada ojo, y no dejaba de gimotear desesperadamente.

Al verla, levantó ligeramente el rostro para mirarla a los ojos.

—Tú lo has visto, Rowling —le dijo—. Sabes lo que he estado a punto de hacer...

Si había albergado alguna duda, estaba acababa de disiparse. Martin había estado a punto de esparcir el gas de meteora y provocar una masacre en California sin precedentes en la historia de la humanidad.

Su sufrimiento era tan evidente que Rowling se apiadó de él. Se agachó para colocarse a su altura y sujetó una de sus manos, que temblaba y estaba algo sudada, si bien el tacto era frío.

—¿Por qué, Martin? —le inquirió—. ¿Por qué querías hacer esa barbaridad?

Sus ojos azules, bañados en lágrimas, temblaban en el interior de las órbitas. Martin agarró con fuerza su mano, como si buscara apoyo en su desesperación.

—No lo entiendes, Rowling, yo no quería hacer nada —le confesó—. Ha sido la meteora... Está viva...

FUEGO	VIENTO	TIERRA	AGUA	COSMOS
Martin •••	Rowling •	Úrsula ••	Akira •	Lucas •••
Christie •	Borges	Orwell	Cortázar	
Quentin	Chandler	Salgari	Tolkien •	
Aldous •	Margared		Herbert •	
Daishell				
Moorcock				

ÍNDICE